COLLECTION FOLIO

Charles Juliet

Attente en automne

suivi de

Maria

et de

Turbulences

Gallimard

Charles Juliet est né en 1934 dans un village de l'Ain.

Enfance paysanne. Puis huit ans dans une école d'enfants de troupe et trois ans à l'école du service de santé militaire de Lyon.

Abandonne ses études de médecine pour se consacrer à l'écriture.

Il est l'auteur d'une trentaine de livres, dont *L'Année de l'éveil*, un récit sur sa vie d'enfant de troupe qui a été porté à l'écran.

Il vient de publier aux Éditions Bayard *Ce long périple*, un ouvrage de spiritualité, et au cours de la prochaine saison, Roger Planchon va créer *Un lourd destin*, une pièce qu'il jouera également dans plusieurs villes.

Attente en automne

Je suis arrivé hier en fin d'après-midi. Dans le train, je continuais à m'interroger. Je me demandais encore si j'avais été bien inspiré en décidant de partir. Comment allais-je supporter la solitude dans ce hameau ? Paris n'allait-il pas me manquer ? Je me rassurais en me disant que je n'avais pris cet engagement qu'avec moi-même, et que si je ne me plaisais pas en ce lieu, rien ne m'y retiendrait. Tandis que je regardais fuir le paysage derrière la vitre, je songeais que j'avais une grande chance d'être à ce point libre de toute contrainte. Pourtant, je n'en ressentais aucune joie.

À Rodez, j'ai pris un taxi. Le chauffeur, un costaud d'une quarantaine d'années, avait un nez de boxeur, et j'ai aussitôt pensé qu'il était peut-être un ancien joueur de rugby. Je ne m'étais pas trompé. Il avait joué pendant huit ans comme pilier en équipe première à

Béziers et il continuait de s'intéresser à la vie du club. Durant les vingt kilomètres du trajet, il m'a parlé avec ardeur de leurs nouvelles recrues, notamment d'un troisième ligne dont ils attendaient beaucoup, de la saison qui débutait, de l'espoir qu'ils avaient d'aller cette année en finale. Je lui ai confié que j'étais moi aussi un aficionado. Pour me tester, il m'a posé des questions fort précises sur tel et tel joueur, sur tel match de l'année passée. Je suppose que mes réponses lui ont paru satisfaisantes, car nous nous sommes quittés grands amis.

Les Baud m'attendaient et ils m'ont bien reçu. M. Baud est un grand gaillard brun, avec un regard doux et un fort accent. Son épouse est de petite taille, toute ronde et elle parle avec une telle rapidité que j'ai dû faire effort pour suivre ce qu'elle disait. Ils m'ont demandé des nouvelles de Pierre et de Régine. Ils apprécient de les avoir près d'eux chaque été et sont désolés de les voir partir pour un an quand arrive septembre. Les Baud ont deux filles, mais seule l'aînée, Martine, était présente. Elle doit avoir une vingtaine d'années. Il est indéniable qu'elle a un fort beau visage, mais je dois reconnaître qu'elle ne m'a pas beaucoup plu. Elle est restée silencieuse et n'a cessé de m'épier.

Mme Baud a été gênée d'avoir à me dire

qu'ils n'avaient que peu de temps à me consacrer. Ils devaient aller traire. Ils possèdent un troupeau de quatre-vingts vaches, mais en cette saison seules une cinquantaine donnent du lait.

Plutôt que de me remettre la clé et me laisser me débrouiller seul, Mme Baud m'a accompagné. Elle avait déjà ouvert les volets et m'a introduit dans la maison, une ancienne ferme disposée en L, flanquée de plusieurs dépendances. L'appartement est situé au premier étage et on y accède par un large escalier de pierre qui va se rétrécissant au fur et à mesure que l'on monte. Nous avons fait le tour des pièces. À la cuisine, Mme Baud m'a montré comment fonctionnaient les appareils, puis elle m'a laissé. Je ne me doutais pas que nos deux maisons étaient si proches. J'ai d'ailleurs vue sur la leur quand je me trouve dans la salle de séjour, et j'ai pensé que leurs rares allées et venues seraient ma seule distraction.

J'avais oublié de m'acheter de quoi manger et j'ai glissé un œil dans le placard où auraient pu se trouver des victuailles, mais il était vide. Après avoir hésité, j'ai renoncé à sortir la voiture pour me rendre dans un restaurant, et je n'ai eu pour tout repas que les deux tasses de café que j'ai pu me préparer.

La soirée m'a paru longue. Je ne saurais

que dans quelques jours si je me plairais dans cette maison, cette région, et en attendant il faudrait que je me montre patient, que je ne me laisse pas submerger par les humeurs noires qui ne manqueraient pas de m'assaillir.

Il m'était agréable de humer l'odeur du café qui flottait autour de moi. J'aime cette odeur qui me fait voyager en moi-même et accompagne souvent mes rêveries. Assis dans la pénombre face à la haute cheminée, j'ai dérivé, rêvassé, me suis abandonné à des pensées inconsistantes, à cet ennui qui ne me quitte que rarement.

La sonnerie du téléphone m'a fait sursauter. C'était Régine qui m'appelait pour me souhaiter bon accueil en leur maison. Je l'ai remerciée à nouveau pour leur générosité, lui ai dit le plaisir que j'avais à me trouver là, l'ai félicitée pour le goût très sûr avec lequel ils avaient aménagé cet appartement. Sa voix me touchait, m'émouvait, et j'aurais voulu longuement parler avec elle, mais j'ai craint qu'elle ne perçoive ma maussaderie, et j'ai préféré ne pas la retenir.

D'ordinaire j'aime le silence, mais celui qui régnait là était si profond, si lourd, si total, qu'il m'engluait, me plongeait dans une angoisse dont je ne savais pas me défendre.

J'ai préparé mon lit, éteint la lampe, me

suis enfoui sous la couverture, et la conscience de ma solitude m'a étreint. Il m'est alors revenu en mémoire ce que m'avait raconté un ami il y a quelques années. Il avait alors trente-cinq ans. Il avait loué pour l'été une maison dans un coin reculé des Cévennes. Cette maison était isolée, et le premier soir, quand il s'est couché, il n'a pu s'endormir. Pris par un imprévisible accès de cafard, envahi par des peurs remontées de son enfance, il s'était senti en pleine débâcle et avait longuement sangloté. J'ai redouté un instant que ma première nuit en ce hameau ne soit comparable à sa première nuit dans la montagne cévenole.

*

J'ai été réveillé par un bruit curieux. Je l'ai écouté un moment mais n'ai pu l'identifier. Du balcon, j'ai vu une sorte de marée noire qui couvrait lentement le pré, devant la maison. Peut-être deux cents ou trois cents pintades serrées les unes contre les autres picoraient l'herbe en criaillant. Je les ai observées quelques minutes, surpris par l'ampleur du bruit qu'elles produisaient. Martine est apparue dans le jardin qui entoure leur maison, elle m'a aperçu, je l'ai saluée de la main, mais elle n'a pas répondu.

J'étais affamé. Pour la voiture, j'avais été prévenu, mais jamais je n'aurais pensé qu'il s'agissait d'une pareille guimbarde. Pourtant, elle a facilement démarré, et à petite vitesse, je me suis rendu à Bozouls. Après un solide petit déjeuner, j'ai fait des courses et je suis rentré. J'irai plus tard visiter la faille qui, paraît-il, vaut le coup d'œil.

Avant d'arriver au hameau, je me suis arrêté pour faire connaissance avec le lieu. Sur un côté de la petite route bordée par un ruisseau, des champs qui n'ont rien de particulier. Mais de l'autre côté, le flanc du plateau sur lequel s'étend le causse est creusé d'une vaste demi-sphère que découpent des haies bien taillées, lesquelles séparent des prés à l'herbe coupée ras et d'un beau vert sombre. Au-dessus des haies s'élèvent çà et là des chênes et des frênes peut-être centenaires, et sous la pâle lumière de ce début d'automne, avec ces arbres dont le feuillage commençait à jaunir, ce paysage m'a apaisé, a fait tomber cette tension en moi à laquelle je ne sais comment échapper. Appuyé contre l'aile de la voiture, je suis resté longtemps à le contempler et à m'en imprégner.

En fin d'après-midi, comme je passais devant la première ferme en rentrant d'une échappée sur le causse, un paysan est sorti de sa cave. Un seau à chaque main, le visage rougeaud et pas rasé, son béret dressé en auréole à l'arrière du crâne, il s'est immobilisé et m'a considéré en branlant la tête. J'ai senti que je devais m'arrêter et nous nous sommes bientôt retrouvés dans sa cuisine, devant un verre de vin. À voir le foutoir qui régnait dans cette pièce, j'ai vite compris qu'il vivait seul. J'ai dû satisfaire sa curiosité. Après quoi il m'a parlé du hameau. Ne vivent là que dix-huit personnes. Subsistent seules quatre exploitations agricoles et le hameau se meurt. Quand j'ai mentionné le nom des Baud, son silence m'a donné à penser qu'il ne les aimait guère. J'ai cherché à savoir ce qu'il en était, mais il s'est contenté de bougonner :

— Y'en a qu'en ont jamais assez. Ils veulent s'en mettre plein les poches. Mais un jour ils se cassent la figure et on va pas les plaindre.

*

Dans l'appartement, je ne parvenais pas à me laisser aller. La présence invisible de Pierre et de Régine m'était sensible et elle m'interdisait d'ouvrir les armoires, d'utiliser leur poste de radio, de pénétrer dans une pièce où je n'avais que faire. Quand j'avais à me servir de telle ou telle chose, c'était toujours avec un sentiment de gêne, et je savais qu'il me faudrait un certain temps pour apprivoiser ce lieu, m'y sentir comme chez moi.

Le plus souvent, j'étais dehors à courir la campagne. D'autant que l'appartement était sombre et que j'avais un insatiable besoin de lumière. Pour se protéger du soleil et de la chaleur, les paysans qui se construisaient ces fermes y ménageaient des ouvertures étroites, de sorte que bien souvent, dans la journée, on doit s'éclairer à la lumière électrique. Je fuyais donc cette pénombre pour de longues balades sur le causse.

Par crainte de les déranger, je n'osais rendre visite aux Baud, mais j'en avais une forte envie.

Depuis deux ans, afin de vivre dans de meilleures conditions, ils avaient quitté leur ferme particulièrement vétuste pour une maison qu'ils s'étaient fait construire en face, de l'autre côté du chemin. Fréquemment, ils allaient et venaient de l'une à l'autre, et chaque fois que je le pouvais, j'étais derrière ma porte-fenêtre à observer ce qu'ils faisaient. Le troupeau qui partait au champ ou en revenait sous la conduite de Martine, la traite du matin et du soir, Mme Baud portant leur nourriture aux cochons..., je connaissais maintenant leurs horaires, savais à quoi ils s'occupaient, et c'était là pour moi un moyen de me sentir en contact avec eux.

*

Le crissement de ses griffes sur la pierre était des plus ténus, mais je l'ai entendue monter. Je lui ai parlé à voix basse mais n'ai pu obtenir qu'elle se montre. Le lendemain, je n'ai vu d'elle qu'un regard craintif lentement apparu à l'angle du mur. Le surlendemain elle était là sur le seuil, avançant timidement et se retirant tout aussitôt. Après d'autres tentatives, elle est enfin parvenue à pénétrer dans la pièce et j'ai pu la caresser. C'était Dora, la chienne des Baud. Une chienne toute noire, de taille moyenne, à la longue queue, au poil épais et broussailleux, et qui levait vers vous un regard grave, doux, suppliant, quasi humain. À partir de ce jour, je l'ai prise en affection, et les fréquentes visites qu'elle m'a rendues m'ont permis de comprendre pourquoi tant de personnes seules ont un chien pour compagnon.

*

À Paris, j'avais pour habitude d'aller prendre un café dans un bar au cours de la matinée. En fin d'après-midi, j'aimais déambuler dans les rues, me mêler à la foule, et installé à une terrasse, boire un verre en observant les passants. À de tels moments, en ce lieu quasi désert, Paris me manquait terriblement, et je devais lutter pour ne pas prendre la décision de partir.

J'apprenais à vivre seul et c'était là une tâche ardue. D'autant que je ne cessais de penser à Nadine. J'ai vécu cinq ans avec elle. Cinq années d'une entente parfaite. Nous étions si proches, nous entendions si bien que nous n'échangions que peu de mots. Ce que nous avions à nous dire passait par nos regards et des silences pleins. J'aimais tout ce qu'elle était, et plus particulièrement sa voix, sa gravité, le calme et la confiance avec lesquels elle affrontait la vie. Médecin, elle travaillait dans un hôpital et s'orientait vers la psychiatrie. Mais le temps avait passé, nous abordions tous deux la trentaine et son plus fort désir était de donner vie à un enfant. Je comprenais qu'elle puisse avoir ce désir mais ne le partageais pas. Je ne savais rien expliquer. Simplement, l'idée d'engendrer un enfant se heurtait en moi à un refus farouche. À de multiples reprises, nous avons tenté de résoudre ce problème, elle a longuement cherché à me convaincre de dépasser ce refus, mais en vain. En dépit de tout ce qui me liait à elle et de ma volonté de sauver notre couple, il m'a été impossible de me rendre à ses arguments. De guerre lasse, elle a décidé de rompre. Ce différend nous a laissés profondément meurtris, mais notre amour était intact, et pour ne pas entretenir la brûlure de cette séparation, nous avons convenu de ne jamais nous revoir.

*

Je montais souvent sur le causse, un plateau nu, gris, désolé, vide de toute présence humaine, et je marchais au hasard, pendant des heures, cherchant à étouffer ce qui m'oppressait. Ce matin-là, j'ai eu la surprise de rencontrer un homme qui s'était égaré. J'ai dû le renseigner et nous avons engagé la conversation. Médecin, âgé d'une soixantaine d'années, il avait quitté Strasbourg depuis une cinquantaine de jours et se rendait à Saint-Jacques-de-Compostelle. Trois ans plus tôt, il avait déjà effectué ce pèlerinage, et cette longue marche solitaire de plusieurs mois avait été pour lui une telle expérience qu'il avait voulu la renouveler. Désireux d'apprendre ce qu'elle lui avait apporté, je lui ai demandé si je pouvais l'accompagner un moment.

— D'abord, une évidence, a-t-il poursuivi. Parcourir des centaines de kilomètres en marchant, c'est vivre avec et dans son corps. C'est inévitablement s'exposer à souffrir de la chaleur, du froid, de la pluie. Endurer parfois la faim, la soif, lutter contre la fatigue. Ainsi, jour après jour, vous vous apercevez que la marche vous élague, vous érode, vous dépouille de tout ce fatras qui habituellement nous encombre. Autre évidence : vous êtes seul. Vous traversez des heures de découragement. Des heures où vous avez vraiment envie de rentrer chez vous. Il vous faut tenir, faire appel à votre volonté et votre courage. Mais le plus important est ailleurs. Il réside dans le fait qu'au long de ces journées de solitude, vous vous trouvez en contact avec vous-même, avec ce que vous êtes au plus intime de vous-même, soit avec ce que j'appelle le noyau dur. De la sorte, vous ressentez une telle paix, un tel bonheur d'être, une telle adhésion à vous-même et à la vie, que par la suite vous n'éprouvez d'autre désir que de connaître à nouveau cet état.

Nous marchions en silence. Ce que je venais d'entendre rencontrait en moi bien des doutes, des attentes, des interrogations, et j'avais tant de questions à lui poser que je ne savais rien dire.

Son regard s'est appesanti sur moi.

— J'ai le sentiment que ce que je viens de raconter vous intéresse.

— Oui, au plus haut point.

— En dehors des moments où vous parcourez le causse, que faites-vous dans la vie ?

— Pas grand-chose.

— Mais encore.

— J'ai une passion et c'est ce qui me complique l'existence.

— Quelle passion ?

— Je n'aime pas trop en parler, mais puisque je ne vais jamais vous revoir... Je voudrais écrire. Je voudrais écrire et je n'y parviens pas.

— Comment cela ?

— Je suis entravé par toutes sortes de problèmes et de doutes.

— Oui, je vois. Mais si vous n'aviez pas ces doutes, ce serait plutôt consternant.

— J'ai la sensation qu'il existe une cloison entre ma réalité interne et les mots qui pourraient la convertir en un texte clair, compréhensible.

— Cette cloison, c'est en travaillant que vous l'abolirez.

— Croyez-vous... Vous avez parlé de noyau dur. Je crois pressentir ce que ces mots peuvent signifier. Mais quand votre noyau est fragmenté et friable, par quel moyen l'unifier et le rendre consistant ?

— Faites-vous confiance. Ne cherchez pas à brûler les étapes. Ne perdez pas de vue que vos difficultés pourront un jour se révéler comme étant une source de richesses. Le chemin est long, j'en suis témoin. Il y a seulement quatre ans, je n'aurais pas été en mesure de vous dire ce que je vous dis là.

— Mais comment endurer le temps quand on est dévoré par l'avidité et l'impatience ?

— J'ai connu cela. On en bave, on en bave. L'important, c'est de ne jamais se dérober, ne jamais fuir le combat.

Tout en marchant, il consultait sa carte. Il se dirigeait vers Conques. Je l'ai remercié et lui ai souhaité bonne route. La poignée de main et le regard que nous avons échangés m'ont donné de la force, du courage, m'ont persuadé que je n'aurais pas à regretter d'être venu en ces lieux.

Je me souvenais d'avoir lu un livre sur ce pèlerinage de Compostelle qui avait commencé, croyais-je me rappeler, au Xe ou XIe siècle. J'avais été frappé par ce qui était dit de ces hommes qui au long des siècles avaient entrepris ce périple. Ceux qui mouraient en route, frappés par la maladie. Ceux qui prenaient racine là où le découragement les avait contraints de renoncer. Ceux qui, lors du franchissement d'une rivière, périssaient noyés après avoir été délestés et jetés par-dessus bord. Ceux qui se faisaient estourbir au coin d'un bois ou s'égaraient par les nuits d'hiver et qui étaient dévorés par les loups. Ceux que la ferveur délaissait et qui finissaient par perdre de vue leur destination. Ceux qui mettaient des années à rentrer, et que leur famille avait peine à reconnaître, tant la route les avait mûris et changés...

Sans but, j'ai continué à arpenter le causse, me demandant si mon séjour en ce hameau serait ma manière à moi de pérégriner sur les chemins de Compostelle. Et aurais-je les moyens de mener mon aventure à terme ? Ou serais-je de ceux qui sombrent avant d'avoir entrevu ce qu'ils brûlaient d'atteindre ?

En rentrant en fin d'après-midi, je suis tombé sur Martine qui montait chercher son troupeau. En me voyant, Dora s'est mise à courir en tous sens, jappant d'une voix plaintive.

— Pourquoi ne venez-vous pas nous voir ?

J'étais encore sous l'effet de ma rencontre du matin, et je n'ai pas craint de lui dire ce qu'en une autre circonstance j'aurais forcément tu.

— Je ne vais pas vous voir... et même j'évite d'avoir à vous croiser... parce que j'ai mauvaise conscience. Je passe mon temps à me balader alors que vous et vos parents travaillez dur. Je ne sais comment vous l'expliquer, mais cela me gêne. Je me suis mis dans l'idée... je ne sais pas... j'avais peur que vos parents me voient comme... comme un inutile.

Elle s'est arrêtée, interloquée.

— Alors vous !

J'étais confus de m'être laissé aller à lui avouer sans détour ce qu'il en était et nous sommes restés un long moment silencieux.

Les vaches étaient massées près de la barrière. Je l'ai ouverte et elles se sont engouffrées dans le passage en se bousculant.

— Comme elles sont laides sans leurs cornes. Je ne peux vraiment pas m'y faire. On les dirait déséquilibrées. Leur tête paraît avoir rapetissé et leurs oreilles semblent s'être allongées.

— Ma mère croyait que vous nous boudiez. Parce qu'on n'avait pas pu vous donner plus de temps à votre arrivée. Et elle se reproche d'avoir oublié de vous dire que vous pourriez vous procurer chez nous du lait, des œufs, des légumes, des pintades... Elle voulait justement m'envoyer vous inviter à venir souper chez nous samedi soir.

Avant d'arriver au hameau, j'ai eu le temps de lui raconter ma rencontre et de lui faire entendre les paroles qui m'avaient été dites. Je ne sais ce qu'elle en a retenu, car si l'on n'est pas attentif à certains appels de la vie intérieure, de telles paroles demeurent plus ou moins inintelligibles. Mais ce dont je n'avais pas à douter, c'est qu'en lui rapportant ces quelques mots émis par un inconnu, j'avais eu le sentiment de la faire pénétrer au plus secret de moi-même.

*

Les Baud finissaient de traire. Ils m'ont fait visiter la ferme qu'ils avaient renoncé à habiter. Je n'ai pu dissimuler mon étonnement en voyant leur ancienne cuisine laissée telle quelle et où s'ébattaient des dizaines de lapins. Mais mon étonnement a été encore plus vif en découvrant derrière leur nouvelle maison la carcasse d'une Mercedes qui servait de poulailler. Le plancher, les sièges, le tableau de bord étaient couverts d'une épaisse couche de crottes et une quinzaine de poules dormaient, posées sur le volant, sur les dossiers, sur des manches à balai. C'était sans conteste un spectacle pour le moins surprenant que de les voir ainsi à l'intérieur de cette voiture à l'agonie qui arborait encore à la pointe de son capot le sigle de sa marque d'origine.

Lycéenne à Rodez, Michèle, la jeune sœur de Martine, était là, comme en chaque fin de semaine. Tout au long de la soirée, sa timidité m'a fait mal. À une ou deux reprises, j'ai tenté de la tirer de son mutisme, mais j'ai vite compris qu'il me fallait y renoncer.

Martine avait préparé un *aligot*, et après les jours de solitude auxquels je m'étais condamné, cette soirée a été pour moi un vrai bonheur. Nous n'avons pourtant rien dit de bien mémorable, mais ces êtres étaient si bons, si bien disposés à mon égard, que les heures passées en leur compagnie m'ont été d'un inestimable réconfort.

Ils désiraient savoir qui j'étais, mais n'osaient pas me poser ces questions anodines par lesquelles, lors d'une première rencontre, on incite un inconnu à se raconter. Bien que je n'aime guère parler de moi, j'ai veillé à ne pas décevoir leur attente. Mais je ne me suis pas étendu. J'ai passé sous silence ma rupture avec Nadine et la crise que je traversais. Je me suis contenté de leur apprendre que j'aurais trente ans dans quelques jours, que j'étais célibataire, que le besoin d'écrire me taraudait, mais que j'en étais encore à hésiter sur ce que j'allais faire de ma vie. Des traductions et la vente d'un scénario écrit avec un ami me mettaient à l'abri du besoin pendant environ trois ans. Après quoi il me faudrait aviser.

Tout en parlant, j'imaginais leurs réactions à ce que je disais. Avec leur mentalité de paysans, ils ne devaient pas avoir haute estime pour celui qu'ils découvraient. Un homme qui atteignait la trentaine et qui continuait de flotter, des occupations mal définies, d'une douteuse utilité, des ressources forcément aléatoires, rien de tout cela ne pouvait inspirer confiance. Mais j'avais décidé que l'amitié avec laquelle je me tournais vers eux ne devait pas avoir à souffrir de ce qu'ils pouvaient penser de moi et dont sans doute ils n'avaient pas conscience.

C'était la première fois que je voyais Martine en robe. Une robe rouge moulant ses formes pleines, encore gonflées par les sèves de l'adolescence. Elle parlait peu, d'une voix sourde, mais je la sentais attentive, et à deux ou trois reprises nous avons échangé des regards hésitants, chargés de perplexité, fort éloignés de ce qui se disait.

Je suis reparti avec des œufs, du lait et une pintade qu'elle avait fait cuire à mon intention.

*

Le lendemain, à Béziers, j'ai assisté à la rencontre Béziers-Castres. Un match plaisant, mais les trente acteurs étaient encore en petite forme. Peut-être est-ce pour cette raison que le demi de mêlée de Béziers n'a pas assez sollicité ses trois-quarts. Au reste, ceux-ci faisaient des passes insuffisamment tendues, qui arrivaient trop haut, et j'ai été étonné que des joueurs de ce niveau ne s'appliquent pas à mieux soigner ce geste. Il n'empêche que pendant toute la durée de cette rencontre, j'ai été délivré de cette détresse qui s'était emparée de moi lorsque Nadine m'a quitté.

Je n'allais plus sur le causse contempler les couchers de soleil. En chaque fin d'après-midi, je rejoignais les Baud dans leur écurie. J'aimais entendre le bruit des chaînes frappant le bois des mangeoires, sentir l'odeur des bêtes et du fumier, caresser un veau. Je retrouvais là un peu de mon enfance. La première fois, alors que je n'avais jamais eu l'occasion de voir une trayeuse électrique, M. Baud m'en a montré les différents organes, expliqué le fonctionnement. Après quoi il a mis le moteur en marche et la traite a commencé. Le lait récolté matin et soir est stocké dans une cuve en métal placée en dehors de l'écurie, et tous les deux jours un camion vient en prendre livraison.

Pour que Martine n'ait pas à le faire, je lavais le pis des vaches avant que M. Baud ne leur adapte l'appareil qui tirerait le lait. Il m'avait indiqué les vaches dont j'avais à me méfier. Dans un hameau voisin, un homme qui connaissait bien ses bêtes avait été retrouvé mort sous l'une d'elles. Alors qu'il était occupé à traire, un coup de pied lui avait brisé la nuque.

Un matin, comme j'errais sur le causse, j'ai été surpris par un violent orage. Loin de toute habitation, je n'ai eu d'autre ressource que de m'asseoir sur le sol et d'attendre en grelottant, giflé par les rafales du vent et de la pluie. En rentrant, j'ai dû traverser un pré, et mon regard a été attiré par un petit poulain qui s'agitait près d'une masse noire et inerte. Je me suis approché. J'ai vite compris. Alors qu'elle mangeait à proximité de la batterie qui alimentait la clôture électrique, la jument avait été foudroyée. La boule de feu lui avait fracassé la tête et il ne restait plus de celle-ci qu'une espèce de bouillie mêlée à un caillot de sang qui commençait à noircir. Le poulain tournait autour de sa mère en la poussant du sabot, en la reniflant, la léchant, la mordillant, et je suis resté là de longues secondes à observer son triste manège, à lui parler, à ne savoir que faire. Puis je me suis hâté d'aller prévenir M. Baud afin qu'il alerte le propriétaire.

Cet orage a été suivi par une période de pluie diluvienne. Les remises au bout du pré, le chemin où s'étendaient les flaques, les murs de pierre grise, la banale maison des Baud, les arbres que le vent dépouillait de leurs feuilles, tout a soudain pris un aspect désolé, lugubre. Finies les balades sur le causse.

Se sont succédé de bourbeuses journées d'ennui distendues par de sombres pensées, un sentiment accru de ma solitude.

Mais je réagissais. Je connaissais maintenant tous les habitants du hameau et j'allais parfois échanger quelques mots avec l'un ou l'autre. La camionnette de l'épicier qui passait deux fois par semaine offrait des occasions de rencontres et de bavardages. J'ai ainsi fait la connaissance de deux femmes d'un certain âge, l'une retraitée des Postes, l'autre de l'Éducation nationale. Toutes deux étaient quelque peu déprimées. Je leur rendais visite à tour de rôle et ne me lassais pas de les écouter me raconter leur vie.

Un jour, je suis allé frapper à la porte de la ferme qui s'élève à une centaine de mètres du hameau. Le paysan qui sortait de son écurie m'a invité à y entrer, et nous sommes demeurés là, debout, à bavarder pendant plus d'une heure. Il ne possédait que cinq vaches et l'une d'elles m'a paru bien vieille. Son pis, déformé, pendait bas entre ses pattes, et j'ai voulu connaître son âge.

— Ah ! c'est ma bonne Grisette. Elle est comme moi. Nous ne sommes plus de la première jeunesse. Mais vous ne savez pas, l'année dernière, il m'est arrivé un drame. J'ai perdu la plus belle. Elle a vêlé toute seule dans un pré et ça s'est mal passé. Le veau est mort, et elle, elle est restée paralysée de l'arrière-train. J'ai donc fait venir un équarrisseur. Mais lui, il m'a simplement déclaré qu'il n'avait pas le droit de la tuer là où elle était. C'était à moi d'agir. Il fallait que je lui flanque un coup de fusil. Imaginez donc. Moi, tuer une de mes vaches. Impossible ! Impossible ! Mais que faire ? Je n'avais plus qu'à l'aider à passer. Matin et soir, jour après jour, je suis allé lui porter de l'eau et du foin. Je l'étrillais, je lui parlais, puis je m'en revenais, la mort dans l'âme. Un jour, avec la gangrène, la queue s'est coupée en deux. Et ce sang qui coulait... Ces salauds de corbeaux ont commencé à rôder autour d'elle. Alors je l'ai recouverte avec des bottes de paille. En février, vous vous en souvenez...

De la main j'ai esquissé un geste.

— ... c'est vrai, vous n'étiez pas par ici... on a eu de la neige. J'ai retiré la couche qui la recouvrait et j'ai placé des couvertures sous la paille. Si vous aviez vu le regard de cette bête quand je m'occupais d'elle. Elle a mis trois mois à mourir... La plus belle de mes vaches... Je ne m'en suis toujours pas consolé.

*

Mes soirées, je les passais face au feu que j'allumais rituellement dans la cheminée. Mon regard suivant les lents mouvements des flammes, je m'obligeais à ne rien faire. J'avais quitté Paris pour tenter d'oublier Nadine et ne plus être confronté chaque jour à tout ce qui dans cette ville me l'aurait rappelée. Mais je tenais à ce que ce changement de lieu entraîne d'autres ruptures dans mon existence.

Mes études achevées, je n'avais voulu rien moins que grimper à l'arbre de la connaissance. Sauf que je discernais mal ce que j'avais à tenter de connaître. J'errais d'un livre à l'autre, brûlant du désir de découvrir le secret qui m'aurait aidé à vivre, mais je ne réussissais qu'à toujours plus m'éloigner de moi, me charger d'idées inutiles, m'emplir de confusion. Arrivé dans ce hameau, j'avais pris la décision de ne plus ouvrir un livre aussi longtemps que j'y resterais. Il fallait que je me vide, que je me lave de tout ce que j'avais amassé, que je me mette en jachère. Mais ces longues soirées où je demeurais en tête-à-tête avec moi-même étaient éprouvantes. Les doutes et les questions qui m'assaillaient ne me laissaient aucun répit et l'angoisse qui les accompagnait me persuadait que je n'en serais jamais délivré.

Je pensais bien trop souvent à Nadine. Je pensais aussi au médecin rencontré sur le causse, à cette joie secrète qui éclairait son regard, et je me demandais sans fin s'il me serait donné un jour de vivre en meilleure intelligence avec moi-même. Je faisais le bilan des années qui venaient de s'écouler et il était des plus minces. Il ne pouvait en aucune manière m'aider à prendre confiance en moi. Le pire, c'est que je ne savais toujours pas quelle direction imprimer à mon existence. En être encore là à l'âge que j'avais n'était pas pour m'inciter à l'optimisme. Pourtant, par-delà ces doutes et ces tourments qui me rongeaient, je sentais en permanence la poussée d'un besoin. Le besoin d'écrire, de sculpter des mots, de me servir d'eux pour me connaître, m'édifier, pour accéder à un peu de lumière, à une vie plus intense.

En me coupant des livres, en recevant des êtres simples que je côtoyais ce qu'ils pouvaient me donner, en m'approchant de l'innocence des choses, un peu de calme s'installerait en moi, et la décision que j'aurais à arrêter s'imposerait d'elle-même. Il me fallait ne rien brusquer. Laisser couler le temps. Simplement attendre.

*

Cette trentième année allait être pour moi décisive, et sans doute est-ce pourquoi j'attribuais de l'importance à ce jour d'anniversaire dont je savais pourtant qu'il serait semblable à tant d'autres jours. Pour ne pas être seul ce soir-là, pour ne pas céder à la crise de cafard que je prévoyais, j'avais convié les Baud à venir dîner chez moi. Ils ne s'autorisaient à s'échapper de leur ferme, fort rarement, que le samedi soir, et ils durent prendre sur eux pour accepter de se laisser inviter un jour de semaine.

Je m'étais procuré les meilleurs produits, j'avais cuisiné durant toute la journée, et je crois leur avoir offert un bon repas. Mme Baud ne décolérait pas, quand bien même Martine s'efforçait de la calmer. Leurs pintades s'étaient éloignées du hameau et un renard leur en avait volé deux. L'ambiance de la soirée a changé à partir du moment où je leur ai confié que mon enfance avait été celle d'un petit paysan. M. Baud s'est alors débridé et il n'a cessé de parler de toute la soirée : une ferme d'une certaine importance se gérait de nos jours comme une entreprise. Il avait emprunté de grosses sommes pour acheter des terres et se mécaniser — chaque mois il avait des difficultés à s'acquitter de ses remboursements. Pour les aider, Martine avait refusé d'aller en faculté — dans la région, des fermes étaient abandonnées les unes après les autres — les jeunes paysans étaient toujours sur leur tracteur. Libérés des travaux de force qu'effectuaient leurs aînés, ils n'étaient plus assez musclés et avaient fréquemment des problèmes de vertèbres — la période des vêlages allait commencer et il lui faudrait passer des nuits à l'écurie...

Les jours s'écoulaient. Je me rendais de plus en plus souvent chez les Baud. Le samedi, j'aidais Michèle à faire ses devoirs. En fin d'après-midi, je ne laissais à personne le soin de laver les pis avant la traite. Quand une vache était sur le point de vêler, M. Baud m'appelait. Lorsqu'il fallait veiller, j'offrais de rester avec lui. Assis sur un ballot de paille, une cafetière à notre portée, nous attendions que les pattes du veau apparaissent. Une fois qu'elles étaient suffisamment sorties, il nouait une corde autour d'elles, et en ménageant des pauses, arc-boutés, nous tirions de toutes nos forces pour amener le veau à l'air libre. Mais quand nous avions affaire à une jeune vache qui vêlait pour la première fois, il arrivait que nous ayons besoin de renfort. Il allait alors chercher des voisins qui, à charge de revanche, venaient volontiers nous donner la main.

Mme Baud appréciait de ne plus avoir à veiller aux côtés de son mari, et elle m'invitait presque chaque jour à m'asseoir à leur table. Martine parlait toujours aussi peu et je ne lui parlais pas davantage. Mais souvent mon regard s'enchantait de son visage, traînait sur sa nuque, ses seins, ses jambes, ne perdait rien de chacun de ses gestes. Quand elle me surprenait, que mon regard n'avait pu assez vite se détourner, elle restait impassible, ne semblait pas remarquer l'intérêt que je lui portais. Un soir, j'ai dû m'avouer que si j'avais tant de plaisir à me trouver parmi eux, c'était uniquement parce que cette belle jeune femme m'intriguait.

*

Début décembre, M. Baud voulut replacer des tuiles sur le toit d'une remise de la vieille ferme. Mais quelques planches étaient pourries et il passa au travers. Il se releva avec une fracture ouverte du bras et dut être hospitalisé. Sur ces entrefaites, une catastrophe s'abattit sur la région sous la forme d'une abondante chute de neige. Quand j'étais sorti ce matin-là, j'avais découvert avec effarement qu'une couche de neige d'environ un mètre cinquante avait tout recouvert. Le paysage était totalement transformé. Les murs qui bordaient le chemin avaient disparu et tout donnait à craindre que nous ne soyons coupés du monde pendant plusieurs jours. J'ai pensé aussitôt à Mme Baud et à Martine. Mais aller les rejoindre posait problème. Il était exclu que je puisse m'ouvrir une tranchée jusqu'à leur maison. Dans un hangar, avec des planches et des cordes, je me suis bricolé des sortes de raquettes, et en bataillant ferme, j'ai pu franchir cette courte distance en mettant dix fois plus de temps que la veille. Martine avait un visage plus grave qu'à l'ordinaire. Mme Baud se lamentait mais n'allait pas se laisser abattre. Elles venaient d'entendre à la radio qu'en fonction d'un phénomène météorologique particulier, la neige était tombée toute la nuit sur une zone bien circonscrite, d'environ quatre-vingts kilomètres de diamètre. Une neige humide, lourde, qui avait causé d'importants dégâts et entraînerait de désastreuses conséquences : lignes électriques et lignes du téléphone coupées, arbres couchés sur les routes, toits effondrés, villages et hameaux isolés...

Je me suis immédiatement mis au service de Mme Baud. J'ai d'abord ouvert un passage entre la maison et la vieille ferme. Puis j'ai dû m'occuper des toits. Celui d'où était tombé M. Baud n'avait pas résisté. Mais fort heureusement, c'étaient des machines qui se trouvaient dans cette remise, non des animaux. Monté sur une échelle et à l'aide d'un râteau, j'ai donc passé la journée à délester les toits des hangars et de la vieille ferme.

En fin d'après-midi, avec aux pieds mes raquettes improvisées, je suis allé voir comment les deux dames retraitées vivaient cette situation. Puis je suis revenu pour la traite. Par chance, le hameau avait encore de l'électricité. Mais la cuve était pleine. Une partie du lait est allée aux cochons. L'autre a dû être jetée. Au cours de la nuit, avec les deux femmes, j'ai aidé deux vaches à vêler. À la fin, j'étais épuisé. Pour me dispenser d'avoir à péniblement rentrer chez moi, Mme Baud m'a invité à dormir dans leur maison.

Le lendemain, elle n'a pu se lever. Au cours de ses allées et venues entre la maison et la vieille ferme, elle avait négligé de se couvrir et elle avait pris froid. Elle souffrait d'une forte angine et elle était alitée. Martine et moi aurions à nous occuper des bêtes.

*

Les Baud possédaient un taureau. Une bête énorme, de plus de huit cents kilos, qui, à la belle saison, ne sortait qu'assez peu souvent avec le troupeau. M. Baud préférait recourir à l'insémination artificielle. En décidant de la période où naîtrait un certain nombre de veaux, il parvenait à mieux répartir sur l'année la production de lait. Les mois de novembre et de décembre étaient précisément ceux où les naissances étaient les plus nombreuses et nous eûmes beaucoup à faire.

Durant ces jours, ma pensée fut constamment occupée de Martine. Nous mangions et travaillions ensemble, et quand nous nous couchions, seule une mince cloison nous séparait. Chaque nuit, je l'entendais se préparer, et le matin, c'était elle qui me réveillait en frappant à ma porte.

Elle était sombre et nous parlions peu. Son père était à l'hôpital, sa mère, malade, ne pouvait recevoir la visite d'un médecin, et les bêtes étaient un gros souci. Nous ne nous quittions guère et nous nous entendions fort bien, mais je veillais à me tenir à distance et continuais de la vouvoyer. J'étais même avec elle d'une certaine froideur, de crainte qu'elle ne perçoive la tension dans laquelle je vivais. Nous avions aidé trois vaches à vêler. Or quand nous étions tous deux à tirer en geignant et haletant sur la corde, cuisse contre cuisse, hanche contre hanche, épaule contre épaule, ses cheveux me frôlant le visage, nos mains et nos bras emmêlés unissant leurs efforts, comment n'aurais-je pas été tourneboulé par son corps pressé contre mon flanc ? Comment ne l'aurais-je pas désirée ? Elle avait vingt ans, elle était belle, secrète, elle me plaisait, m'attirait, et moi, depuis des semaines, j'avais vécu seul, luttant pour me reconstituer, me préparer à repartir du bon pied et me réaccorder à la vie. Toutes les conditions n'étaient-elles pas réunies pour qu'en moi le feu prenne, puis s'embrase ? Mais justement, ce feu, je devais vouloir qu'il s'éteigne. J'étais assez lucide pour savoir tout ce qui se serait opposé à ce qu'il vive, et j'avais à en tirer les conséquences.

*

La quatrième nuit, l'attente se prolongeait. La vache avait fait les eaux mais le veau n'apparaissait pas. J'allais et venais ou m'asseyais près de Martine sur une botte de paille. Je ne savais que dire et ce silence, si contraire à tout ce qui bouillonnait en moi, me mettait profondément mal à l'aise. Je m'éloignais d'elle, la regardais à la dérobée et son beau visage soucieux redonnait vie en moi à des bribes du Cantique des cantiques dont je ne savais plus qu'elles dormaient dans ma mémoire :

Tu es ma belle, ma bien-aimée,
sans tache aucune...

Le miel et le lait
sont sous ta langue...

Ouvre-moi ma sœur, mon amie,
ma colombe, ma parfaite,
car l'amour est fort comme la mort...

La vache était couchée, et à plusieurs signes, je voyais qu'elle souffrait. Je lui ai porté un seau d'eau mais elle a refusé de boire. J'ai pensé que nous allions vers des complications. J'ai introduit ma main à l'intérieur de sa vulve.

— Martine, il y a un problème. Le veau se présente par l'arrière et il ne va pas pouvoir sortir.

— Alors elle va crever ?

— Il lui faudrait une césarienne. Mais vu la situation...

Je n'avais pas oublié l'histoire du vieux paysan et je voyais une vache à l'agonie, étendue dans un pré, un côté du ventre rongé par des escarres, attaquée par des centaines de corbeaux prêts à la déchiqueter encore vivante. En un éclair me revint avec grande précision une scène de mon enfance qui m'avait profondément impressionné. C'est elle qui m'a poussé à prendre la décision qui s'imposait. J'ai expliqué à Martine ce que j'avais en tête. Puisque cette vache était perdue, pour la sauver, j'allais tenter le tout pour le tout.

Martine est revenue avec une bouteille d'huile. Après quoi il a fallu contraindre la vache à se lever. Battre une bête me répugne, mais j'ai dû m'y résoudre. Martine lui tordant la queue tout en la piquant avec un aiguillon, moi la frappant à grands coups de bâton, tous deux criant, nous sommes parvenus à ce qu'elle se mette debout. En toute hâte, j'ai retiré mon pull, ma chemise, et après m'être passé de l'huile sur le bras, j'ai glissé ma main dans la vulve. J'ai repoussé le veau. L'opération consistait à engager mon bras dans toute sa longueur sous le veau, et par deux fois, à prendre la corne du sabot au creux de la main, à la tirer à moi, et ainsi, dépliant la patte, à en amener l'extrémité près de la vulve. Mais la vache se déportait, avançait, reculait, menaçait de me donner des coups de pied et ne facilitait guère mon travail. Or à l'instant où je tirais le sabot vers l'arrière, si la corne s'échappait de ma main, elle ne manquerait pas de déchirer la matrice tendue à se rompre. Ce serait alors l'hémorragie et la vache crèverait deux ou trois jours plus tard. De ma vie je n'avais été possédé d'un tel désir de réussir ce que je m'étais fixé. Le bras plongé au profond de la matrice, mon visage luisant de sueur appliqué contre la cuisse de la vache, je me suis saisi à deux reprises des petits sabots avec une détermination dont je ne me serais jamais cru capable. Enfin la deuxième patte est apparue près de la première. Mon bras était couvert de sang et de mucosités et Martine l'a essuyé avec un bouchon de paille. Puis épaule contre épaule, nous avons tiré le veau. La vache était restée debout et j'avais omis de placer derrière elle deux ballots de paille, de sorte que le veau est lourdement tombé du haut de sa mère jusque sur le sol. Mais apparemment cette chute n'a pas eu de conséquence, car il a gigoté aussitôt. Le voir vivant m'a réjoui. J'avais craint un moment qu'il ne fût mort. Martine l'a bouchonné, et après quelques tentatives, il s'est dressé sur ses pattes, et en titubant, tombant, se relevant, il s'est porté vers le museau de sa mère qui s'est mise à le lécher. Robe brune et tête blanche, c'était incontestablement un beau petit veau.

La sueur ruisselait sur mon visage, mon torse. Martine m'a pris par les épaules, s'est plaquée contre moi et a pressé ses lèvres sur ma joue.

— Non, Martine. On ne peut pas encore crier victoire. Ce n'est que dans un ou deux jours qu'on saura si j'ai réussi mon coup.

Nous sommes allés au lit. Il était deux heures du matin. J'étais exténué mais si excité que je n'ai pu fermer l'œil.

*

Au petit matin, terriblement anxieux, je suis allé voir la vache. Je lui ai donné du foin, un seau d'eau et l'ai longuement observée. Elle ne semblait pas malade. Mais je n'osais encore croire qu'elle n'était pas en train de se vider de son sang. Deux jours, trois jours plus tard, quand il s'est confirmé qu'elle était bien portante, qu'elle mangeait et buvait normalement, que son veau trouvait à lui pomper tout le lait dont il avait besoin, j'ai vécu cela comme un véritable triomphe. Je n'en ai rien dit à Martine, mais un soir, je lui ai annoncé que je me plaisais bien en ce hameau et que j'étais décidé à prolonger mon séjour de quelques mois.

En chaque fin d'après-midi, accompagné par la fidèle Dora qui s'enfonçait jusqu'au ventre dans la neige et s'essoufflait à me suivre, je portais du lait et des œufs à mes deux retraitées, et les moments que je passais à bavarder avec elles étaient mes seuls moments de détente. Car à la ferme le travail ne s'interrompait jamais. J'en prenais avec joie la plus grande part, mais matin et soir, ce m'était un vrai crève-cœur de voir ces dizaines et ces dizaines de litres de lait qui se déversaient dans la neige.

*

Pendant plusieurs jours, on aurait pu croire qu'une rivière aux eaux abondantes avait quitté son lit et envahi le hameau. La neige avait commencé à fondre et, en de nombreux endroits, provoqué des inondations. Près de la ferme, les centaines de litres de lait qui avaient caillé dans la neige dégageaient une odeur écœurante, donnant envie de vomir.

M. Baud a fini par rentrer. Mme Baud était pâlichonne et se désolait de n'avoir pas retrouvé son habituelle ardeur au travail. Michèle manquait. Elle était restée à Rodez chez des parents.

Avant que je ne regagne ma maison, Martine a tenu à ce que nous partagions tous quatre un repas qui serait une manière de fêter le retour de son père et la fin du plus gros de l'épreuve. Mais les placards étaient vides, et ce repas a simplement consisté en une pintade entourée de pommes de terre. En prévision de cette soirée, Mme Baud avait toutefois fait cuire un pain et fabriqué du beurre et des fromages. Mais il m'a manqué une bonne tasse d'odorant café.

Au début du repas, tous trois m'ont remercié pour le service que je leur avais rendu. Mais le cœur n'y était pas. Cette neige avait causé des pertes considérables et M. Baud se demandait déjà comment il se libérerait chaque mois de ses remboursements. Dans la mesure où la région avait été déclarée « zone sinistrée », il espérait recevoir des subventions, mais redoutait d'avoir à attendre de longs mois avant qu'elles ne lui parviennent.

*

J'ai retrouvé une maison froide, humide, et j'ai dû entretenir de gros feux dans la cheminée. Mes placards eux aussi étaient vides, et pendant quelques jours, je ne me suis nourri qu'avec des œufs et du lait. J'avais plaisir à être à nouveau chez moi, à prendre un peu de repos. Saisi par une fringale de lecture, j'ai passé outre à ma décision de me détourner des livres, et dès le premier soir, me suis plongé dans *Anna Karénine*. Une histoire d'amour de huit cents pages ! La promesse de longues heures où vivre plus intensément ! J'avais déjà lu ce livre et prévoyais que cette seconde lecture me permettrait de le savourer encore mieux que la première fois.

Je sentais que j'avais changé. Tout en me le reprochant, je ne cessais de penser à Martine. Ces jours que nous avions passés à travailler ensemble m'avaient permis de la découvrir. Elle s'extériorisait peu, mais j'avais pu observer qu'elle était intuitive, intelligente, et que sa manière de répondre aux êtres comme aux événements était toujours juste. Je ne savais ce qu'elle pensait de moi, mais je voulais croire que ce que j'avais accompli sous son regard l'avait bien disposée en ma faveur. Je me refusais de céder à une niaise autosatisfaction, mais force était de reconnaître que j'avais réalisé quelque chose comme une prouesse, et à plusieurs reprises, j'ai revécu avec exaltation cet instant où toutes mes énergies rassemblées, affranchi de mes peurs et de mes doutes, j'étais passé à l'action, porté par la certitude que je ne pouvais que réussir. C'était pour elle, pour gagner au moins son estime, que j'avais pris un tel risque, et il me paraissait que tout ce que nous avions partagé pendant ces quelques jours si particuliers nous avait rendus proches.

Je ressentais que j'étais sorti de la crise dans laquelle je m'étais enlisé après ma rupture avec Nadine. Mon énergie était revenue et je faisais des projets. J'allais rester là, achever de me consolider, et après Noël, j'entreprendrais un récit. Je le portais en moi depuis des années. Je serais encore loin de pouvoir résoudre les problèmes d'écriture que je rencontrerais, mais il fallait que je me lance. En fin de soirée, ou encore au cœur de la nuit, quand je pensais intensément à Martine, un poème montait en moi que je me disais à voix basse. J'étais certain qu'en la rencontrant chaque jour, j'effectuerais du bon travail.

*

Noël approchait. Au cours d'une insomnie, pris d'une de ces crises de cafard dont j'étais coutumier, j'ai réalisé que si je prolongeais mon séjour, j'allais me fourvoyer dans une histoire sans issue. Je comprenais maintenant que Martine devait rester ignorante de ce que j'éprouvais pour elle. Nous étions trop différents. Et à supposer qu'elle eût accepté de devenir ma compagne, qu'aurais-je pu lui proposer ? Je n'étais pas de ceux qui s'imposent, qui gagnent, qui réussissent, et près de moi, elle n'aurait pu mener qu'une vie sans joie, faite d'attente et de privations. En outre, il était certain que je devais compter avec ses parents. C'étaient des êtres profondément bons, qui m'accueillaient chez eux avec amitié, mais j'étais convaincu qu'ils auraient été horrifiés si un jour Martine et moi leur avions appris que nous désirions vivre ensemble. Un homme de dix ans plus âgé qu'elle, sans métier, sans ressources et, qui plus est, nullement résolu à vouloir prendre un travail qui lui assurerait de décentes conditions d'existence ! Sans poste de télévision, ne prenant la radio que pour écouter le bulletin de la météo, ils vivaient comme coupés du monde, travaillant dur, uniquement préoccupés de tirer le maximum de leurs terres et de leur troupeau. J'appréciais leurs solides qualités, admirais qu'ils puissent ainsi vivre sans se poser de questions, mais j'étais si loin d'eux.

Face à Martine, je me sentais vieux. Non point en raison de notre différence d'âge, mais à cause de cette désespérance qui m'empêchait de pleinement participer à la vie. Cette désespérance, sans doute avait-elle son origine dans mon enfance, mon adolescence, mais il ne m'échappait pas qu'elle était aggravée par la conscience que j'avais du triste monde dans lequel nous vivons. Les forfaits, les abjections, les crimes de toutes natures, les tragédies collectives, les atrocités dont nous sommes chaque jour informés, ils me blessaient, me plongeaient dans la honte, me contraignaient à m'interroger sur moi-même, et à la fin, après d'épineux débats intérieurs, je ne ressentais que fatigue, ennui, découragement.

Je n'avais pas à hésiter. Il me fallait partir. Et sans tarder. Selon toute vraisemblance, la veille de mon départ, les Baud m'inviteraient pour un dernier repas. J'en profiterais alors pour leur parler un peu de moi, mais ce que je leur confierais ne s'adresserait bien sûr qu'à Martine. Par respect, par amour pour elle, pour ne pas risquer de lui faire gâcher sa jeunesse et peut-être sa vie, je me résolvais, au prix d'une souffrance dont je prévoyais qu'elle serait longue à s'éteindre, je me résolvais à ne rien tenter et à disparaître. Mais en lui dévoilant mes aspirations et ce que je comptais faire de mon existence, je pourrais partir avec l'impression qu'un peu de moi continuerait de vivre en elle.

*

Cette idée de leur parler de moi me paraissait incongrue, mais je sentais que j'avais à le faire. J'ai donc passé ma journée à préparer ce que j'allais leur dire et chercher comment le formuler.

À la nuit tombée, quand je me suis rendu chez eux, la pensée que ce serait la dernière fois que je la verrais, lui parlerais, la dernière fois que mon regard s'emparerait de ses lèvres, de ses seins, de sa croupe, cette pensée m'accablait en même temps qu'elle exacerbait mon désir de l'enlacer, de l'étreindre, de lui communiquer ma faim, et j'entendais au profond de moi se murmurer *ma colombe, mon aimée sans tache, ma parfaite, ouvre-moi ta porte, ouvre-moi ton corps, ton mystère, laisse-moi m'enfouir, laisse-moi goûter à ta pulpe*... Mais je n'oubliais pas que cette supplication ne serait pas entendue, et que cette porte qui aurait peut-être cédé sous ma poussée, mon départ la maintiendrait pour moi à jamais close.

J'ai pénétré à l'écurie, me suis arrêté près du taureau, j'ai donné une tape à la vache que j'avais sauvée, ai longuement caressé son veau. Puis je suis allé prendre place à la table autour de laquelle tous quatre m'attendaient.

J'ai d'abord voulu payer ce que j'avais pris à la ferme depuis quelque trois mois, mais Mme Baud s'y est opposée.

— Vous n'y songez pas. Avec ce que vous avez fait pour nous.

M. Baud m'a rappelé qu'à chaque veau et chaque génisse naissant dans son écurie étaient attribués un nom et un numéro, et il m'a demandé s'il pouvait donner mon prénom à ce veau qui, sans moi, n'aurait pas vécu. J'ai évidemment accepté et l'ai remercié d'avoir eu cette attention.

Nous avons parlé de choses et d'autres, et ma pensée errait loin des propos que nous échangions. À la fin du repas, quand Mme Baud m'a demandé à quoi j'allais occuper mon temps, à Paris, j'ai su que le moment était venu de me lâcher la bride. Mais j'ai encore hésité. En fait, je n'avais jamais parlé de moi à quiconque. De même que je ne m'étais jamais raconté à Nadine. Je crois que mes lèvres étaient scellées par une inconsciente peur d'autrui, la peur de ses réactions, de ses jugements, des blessures qu'il était susceptible de m'infliger. Aussi ai-je commencé en butant sur les mots, en laissant traîner de longs silences.

— Ce que je vais faire ?... Je n'ai pas encore de projet bien précis... Pierre et Régine ont la gentillesse de m'offrir encore l'hospitalité... Le temps que je me trouve une chambre ou un studio... Après quoi je me mettrai au travail. J'aimerais commencer un récit... Ces dernières années, j'ai beaucoup lu... Il me fallait amasser du savoir, acquérir des connaissances. Puis je me suis rendu compte que ce savoir était devenu un écran. Il m'empêchait d'avoir une perception directe de ce qui se déroulait en moi. Or cette perception est fondamentale. Tout dépend d'elle. Ces temps, je m'emploie donc à oublier ce savoir et à tenter de retrouver mon regard d'enfant. Un regard à la fois clair et avide, qui se voudrait ignorant. De la sorte, je m'applique à passer au crible ce que je pense et à tout redécouvrir. C'est une immense affaire...

Ils étaient immobiles et m'écoutaient en silence. Mais en me faisant prendre conscience de ce que j'étais en train de leur exposer, ce silence m'affolait et je ne savais comment continuer. Martine baissait la tête et regardait fixement ses mains.

— Je me doute que vous n'avez pas ce genre de préoccupations et c'est bien normal. Mais en vous racontant tout cela, mon espoir est de vous donner une idée de mon travail, des difficultés que je rencontre. Je viens d'avoir trente ans et on peut considérer que je n'ai encore rien accompli. Pourtant, j'ai le sentiment que je ne cesse de travailler. Simplement, je ne produis rien. Je crois même que je ne serai véritablement à pied d'œuvre que dans plusieurs années. Pour l'instant, je suis coincé entre les mâchoires d'une tenaille. Je suis harcelé par le besoin d'écrire, mais quand je me mets devant une feuille blanche, impossible de démarrer. Mes émotions sont trop violentes. Tout se passe comme si j'étais pris de suffocation... Si parfois, en m'aiguillonnant, je réussis à m'extirper un poème ou un petit texte, je suis tellement déçu par ce qui est apparu sur la page, que je la déchire sur-le-champ.

Dora est venue glisser son museau dans ma poche qui bâillait et j'ai poursuivi tout en la caressant.

— Le matériau que j'ai à façonner n'est autre que moi-même, et ce que je porte en moi, il m'est impossible de le modifier. Je traîne de lourdes entraves et je ne parviens pas à m'en libérer. C'est la raison pour laquelle je piétine ou avance si lentement. Mais je ne désespère pas car je suis armé d'une détermination inflexible. Chaque fois que je trébuche ou m'effondre, je me relève.

Soudain, j'ai été envahi par cette émotion qui me saisit lorsque je vois luire des mottes dans une terre fraîchement retournée. J'ai poursuivi en laissant se dévider ce que me chuchotait cette émotion.

— Jusqu'alors, ma terre était dure, caillouteuse, stérile. À force de la labourer, j'ai bon espoir de la rendre meuble et féconde. Ma moisson, ce sera un récit. Ce seront les mots que j'enfanterai. Des mots dont j'aimerais qu'ils puissent créer et transmettre de la vie.

En prenant appui sur le bord de la table, Martine s'en est écartée, elle a renversé la tête en arrière, pris une longue inspiration, puis est revenue à sa position initiale.

— Ce besoin d'écrire dont je vous parle doit vous paraître quelque chose d'éminemment bizarre, incompréhensible, et peut-être vous demandez-vous d'où il me vient. Je me le demande aussi. J'ai même souvent souhaité en être délivré, mais maintenant je ne le combats plus. Je ne le combats plus parce que j'ai compris qu'il n'est autre que le besoin de desceller en moi une certaine source et de me faire naître à la vie. C'est pourquoi ce travail exige que je lui donne tout mon temps et toute mon énergie. Bien sûr, j'ignore comment je vais subsister à la longue et comment mon existence va s'organiser. Mais j'ai confiance. Cette recherche est déjà une force et je pense que je ne devrais pas me perdre.

J'ai vu que Mme Baud se retenait de poser la question qu'elle avait sur les lèvres.

— Oui, dites-moi...

— C'est à cause de tout ce que vous venez de nous dire que vous n'êtes pas marié et que vous n'avez pas d'enfant ?

— Peut-être. Mais il va de soi que si un jour une femme consentait à m'accompagner sur ce chemin, j'en serais comblé.

Martine s'est levée et a disparu dans le débarras dont une autre porte donnait sur le jardin. J'étais terriblement déçu. Si elle avait brisé si brutalement l'atmosphère particulière que mes mots avaient créée, c'est qu'elle y avait été insensible. Désireux de lui trouver une excuse, j'ai voulu croire qu'elle s'était absentée pour aller voir une vache qui allait faire son veau. Elle partie, je n'avais plus rien à dire.

Un long silence s'est établi que j'ai été incapable de rompre.

Lorsqu'elle est revenue, une bouffée d'air froid a envahi la pièce. Des gouttes de pluie glissaient sur ses cheveux, son visage, mais j'ai vite détourné mon regard, de crainte qu'elle n'y lise mon dépit. J'ai brusqué les adieux. J'aurais voulu leur dire encore quelques mots, mais je n'ai pas pu. J'ai embrassé Mme Baud, serré longuement la main de M. Baud, embrassé Michèle et tendu à Martine une main vite retirée. Curieusement, c'est en caressant Dora que j'ai senti que je perdais pied.

Dehors, après avoir fait quelques pas, je suis resté un long moment sous la pluie, incapable d'avancer.

Quand j'ai voulu ouvrir ma porte, j'ai remarqué qu'elle était entrebâillée. Comme les gens du hameau, je ne la fermais jamais à clé quand je partais. Je l'ai poussée vivement, ai allumé, jeté un regard circulaire sur la pièce. Rien n'y manquait. J'ai aperçu une feuille sur la table. Elle avait été arrachée à un cahier d'écolier. Ces mots y avaient été tracés à la hâte :

cette blessure dans ton regard
ne pars pas ne pars pas
tout ce que tu as
bouleversé en moi

Martine

J'étais trop abattu pour céder à la joie qui aurait dû m'envahir. Mais avant même que j'aie eu le temps d'arrêter ma décision, mon esprit cherchait fébrilement à imaginer la manière dont j'allais m'y prendre pour annoncer que je ne partais plus.

Maria

J'étais venu là pour répondre à l'invitation d'un copain et je n'avais aucune idée du spectacle auquel nous allions assister. La salle était plutôt minable, l'ennui avait déjà pris possession de moi, et je ne pouvais m'empêcher de bâiller. La centaine de personnes qui se trouvaient là devaient habiter le quartier. Elles étaient en famille, mais intimidées, parlaient à voix basse.

Le rideau s'est ouvert en grinçant et une faible lueur a éclairé la scène. Une femme en robe longue s'est avancée à pas lents, puis figée dans la pénombre. Avant que je puisse discerner ses traits, la voix et les mots qu'elle murmurait m'avaient saisi. Grave mais veloutée, chaude, prenante, cette voix paraissait venir de très loin, traverser des épaisseurs de silence, monter du profond des entrailles. Les poèmes parlaient de solitude, d'exil, de prison. Les yeux clos, je m'abandonnais, concentré sur cette voix qui me remuait, m'avivait, déclenchait en moi d'amples vagues d'émotion.

Sur le côté de la scène, un fin pinceau lumineux a fait apparaître un métier à tisser. Un métier à l'ancienne, en bois, avec les fils de la trame et de la chaîne bien visibles et rigoureusement tendus. Prisonnier politique, le poète songeait dans sa cellule à celle qu'il aimait. Elle habitait là-bas, dans un village perdu, au bout du monde, et assise à son métier, heure après heure, jour après jour, elle faisait aller et venir la navette d'un geste bref et machinal qui lui laissait tout loisir de penser à celui qui se morfondait derrière des murs. Sur un rythme que semblaient scander les mouvements de la navette, les mots disaient l'amour, le désir, la nostalgie, une soif de liberté déchirante et inextinguible.

Son visage est enfin sorti de l'ombre. Sa beauté était à la mesure des pouvoirs de la voix qui s'était emparée de moi. Les joues creuses. La large bouche aux lèvres sensuelles. Les grands yeux sombres brûlant d'une passion contenue. À partir de l'instant où j'ai pu distinguer ses traits, il m'a été impossible de comprendre le sens des mots qu'elle prononçait. Ceux-ci me parvenaient étouffés, mais n'en continuaient pas moins de me pénétrer, d'entretenir en moi tout un chaos de douces émotions.

À la fin du spectacle, mon copain a dû me trouver bizarre. J'ai été incapable de sortir de mon silence. Quand il m'a proposé de me raccompagner en voiture, j'ai décliné son offre. Par cette tiède nuit d'automne, je voulais parcourir à pied les quelques kilomètres qui séparent cette banlieue du centre-ville où j'habitais. Il me fallait rester seul. Il fallait que se prolonge le plus longtemps possible l'état dans lequel elle m'avait mis.

*

J'ai cherché à savoir qui était cette comédienne et j'ai appris qu'avec Jean, son compagnon, elle codirigeait le *Théâtre de la Mouette*, l'une des trois grandes salles de la ville. Divorcée, elle était mère de deux garçons d'une quinzaine d'années, et elle venait de monter l'*Antigone* de Sophocle. J'ai eu le désir de la voir jouer, mais je m'en suis abstenu. Je devais rester lucide et mettre fin à ces mauvais rêves.

Il me restait quinze jours pour préparer mon exposition. J'avais achevé mes études à l'École des Beaux-Arts deux ans plus tôt, et la chance m'était offerte de montrer mes toiles pour la première fois. Les différentes choses que j'aurais à faire allaient m'aider à oublier cette voix, ce visage, cette présence qui m'avaient subjugué.

Quant à cette exposition, je ne me leurrais pas. Je me doutais que je la devais moins à la valeur de mon travail qu'à la bonté de M. et Mme Magnin, le couple qui dirigeait la galerie. Les œuvres qu'ils accrochaient à leurs cimaises étaient toujours de qualité, et depuis quatre ans, j'avais vu chacune de leurs expositions. Mme Magnin était fine, intuitive, avait une bonne perception de la peinture, et j'avais souvent parlé avec elle. Ils souffraient de n'avoir pas d'enfant et m'avaient très vite pris en amitié. Aussi m'invitaient-ils fréquemment à dîner chez eux. Le plaisir à me trouver en leur compagnie se doublait de la joie que j'éprouvais à voir les toiles qu'ils possédaient. Dans leur ensemble, elles répondaient à ma sensibilité, et à chacune de mes visites, je ne me lassais pas de longuement les contempler. Mme Magnin suivait l'évolution de mon travail, et en début d'année, voyant que mes toiles étaient plus abouties, qu'elles avaient gagné en cohérence, elle avait décidé que la première exposition, à la rentrée d'automne, me serait réservée.

Le vernissage n'a pas été un triomphe.

Chaque jour, en fin d'après-midi, je passais à la galerie. Rares étaient les visiteurs et je n'en étais pas étonné. Sauf qu'un soir j'eus la surprise, en arrivant, de trouver la comédienne en conversation avec Mme Magnin. Celle-ci m'a présenté. Je suis resté coi et j'ai serré la main de cette femme sans pouvoir la regarder. Elle a voulu que nous fassions le tour de la galerie et que je lui parle de moi et de mon travail. Mais sa voix, son parfum, ce bandeau qui lui ceignait le front, ses gestes, son épaule appuyée contre la mienne, c'était trop pour que je ne sois pas complètement retourné. Bien que m'efforçant de dominer mon trouble, je n'ai su devant chaque toile que marmonner de vagues explications. Quand elle est partie, je n'avais aucune illusion sur l'impression qu'elle garderait de moi.

Trois jours plus tard, elle m'a rejoint dans le café où elle m'avait donné rendez-vous. Je ne pouvais lever les yeux sur elle, et un coude appuyé sur la table, je m'étais arrangé pour ne pas lui faire face. Les hommes qui étaient là ne cessaient de jeter des regards en sa direction, et j'étais flatté d'être celui à qui s'adressait cette belle femme.

Tandis qu'elle parlait, il me revenait des bribes de ces poèmes qui l'autre soir avaient coulé de ses lèvres et s'étaient imprimés en moi. Par la suite et bien que me l'interdisant, je n'avais cessé de me les répéter. Pour tenter de retrouver les séductions de sa voix. Et en cet instant, au lieu d'écouter ce qu'elle avait à me dire, j'entendais :

Dans la cour de la maison d'arrêt
après la pluie
alors que les nuages et mon visage
frissonnent dans les flaques d'eau...

Maria insistait. Elle avait vu mon exposition, parlé de moi avec Mme Magnin, et après réflexion, jugé que j'étais celui qui pourrait les dépanner. Elle montait un spectacle avec des textes de Thérèse d'Avila, la mystique castillane. Elle avait déjà rassemblé les éléments du décor. Celui-ci serait d'ailleurs des plus sobres et ne viserait qu'à évoquer la cellule de la moniale. Mais il lui fallait un panneau peint au fond de la scène. Une toile de grand format qui, dans la mesure du possible, donnerait à imaginer à la fois les tourments de la longue crise qu'elle avait traversée et l'emportement de l'élévation mystique. Or leur décorateur venait de tomber malade et elle avait pensé que j'accepterais de le remplacer.

— Je ne sais rien de cette religieuse, mais je trouve curieux que vous ayez fixé votre choix sur des textes sans doute assez particuliers.

— C'est une longue histoire... Mon père est d'origine espagnole, ma mère, d'origine italienne, et je parle couramment leurs langues. Adolescente, j'ai ressenti une forte attirance pour la culture de leurs pays. Et comme j'ai une passion pour la littérature et les beaux textes, j'ai été très tôt attirée par les œuvres de Thérèse. Dès que j'ai commencé à jouer, je me suis promis qu'un jour je donnerais à entendre quelques-unes de ses pages. Mais il me fallait attendre. Maintenant je me sens prête. Je me suis longuement préparée et je vais tenter l'aventure. Alors qu'en dis-tu ?... Tu m'accompagnes ?

— Vous me demandez quelque chose de difficile.

— Justement. C'est par là que ça peut être intéressant. Tu ne vas pas me raconter qu'à ton âge tu te contentes de faire ce que tu sais faire.

— Mais si ce que je vais exécuter vous déçoit ? S'il apparaît que ça ne convient pas ?

— Eh bien j'aviserai. Alors ? Quelle est ta réponse ?

Je me suis forcé à planter mon regard dans ses yeux et d'un mouvement de tête lui ai indiqué que j'acceptais.

Nous nous sommes quittés sans que je sois parvenu à lui dire combien sa voix m'avait bouleversé le soir où je l'avais entendue déclamer des poèmes qui semblaient monter de son propre fond.

*

En dehors des heures où je donnais mes cours de dessin, je me suis livré à une véritable orgie de lecture. J'ai d'abord dévoré une volumineuse biographie de la sainte. Son histoire m'a d'autant plus passionné que je me la représentais avec le visage, les yeux, le corps de Maria. Et quand je lisais telle parole de Thérèse, c'était encore la voix de Maria que j'entendais. Il ne m'échappait pas, bien évidemment, que rien ne justifiait que se superposent en moi les images de ces deux femmes, mais il est certain que je prenais plaisir à les laisser se confondre. Ainsi les heures que je consacrais à cette lecture étaient autant d'heures que je passais en compagnie de Maria.

Il n'empêche que les deux forts volumes des œuvres complètes de Thérèse que j'ai absorbés sans reprendre haleine m'ont paru indigestes. J'étais trop ignorant, manquais par trop d'expérience et de connaissances pour entrer dans la compréhension d'une telle somme. Toutefois, certains passages me retenaient, et sans bien les comprendre, je saisissais confusément qu'ils exprimaient des choses vraies.

Une anecdote m'avait frappé. Un soir, alors qu'elle était en route pour aller fonder un monastère à l'autre bout de l'Espagne, elle avait dû faire étape avec les nonnes qui l'accompagnaient en un lieu démuni de tout. Pour tenter d'oublier qu'elle était épuisée et affamée, elle avait pris un plateau de métal, et en le frappant en cadence, s'était mise à danser. Aux nonnes ahuries, scandalisées, elle avait expliqué : *cela m'est indispensable pour supporter la vie.* Il m'était réconfortant de savoir que cette femme dotée d'une exceptionnelle énergie avait parfois connu elle aussi des accès de découragement. Mais si je n'avais pas appris combien elle était éminemment féminine — d'une grande beauté, elle avait du charme et sa conversation éblouissait — peut-être n'aurais-je pas eu le courage de poursuivre la lecture de son œuvre jusqu'à la dernière ligne.

*

J'assistais aux répétitions. Jusque-là, j'avais été attiré par le cinéma et je n'étais allé que très rarement au théâtre. Tout ce qui appartenait à ce monde m'était étranger. Aussi étais-je passionné par ce que je découvrais.

Maria se livrait pendant de longues heures à un travail qui au début me parut fastidieux, mais dont je compris vite combien il était nécessaire. La phrase qu'elle répétait, elle ne l'abandonnait, pour passer à la suivante, que lorsqu'elle avait trouvé l'exacte manière de la dire. En étirant un mot, en appuyant sur une syllabe, en précipitant ou ralentissant le rythme, en élevant ou baissant la voix, elle donnait vie au texte, lui conférait un éclat, une force, une densité qui feraient ressentir ce qu'avait vécu Thérèse. Durant ces séances, en la voyant travailler, j'ai compris comme jamais auparavant qu'en créant — un spectacle, un récit, une peinture... — on ne doit négliger aucun détail.

Quand le plateau était libre, Maria préférait répéter le soir. La répétition finie, elle ne partait pas. Comme bien des gens de théâtre, elle avait pris l'habitude d'aller se coucher fort tard. Elle restait donc sur la scène ou venait s'asseoir sur un fauteuil, dans la salle, et dominant sa petite cour — d'autres comédiens, des élèves auxquels elle donnait des cours de diction, parfois des machinistes — elle parlait pendant des heures. J'aimais particulièrement ces instants. Assis deux rangs derrière elle, séparé par un fauteuil vide de ceux et celles qui l'entouraient, je buvais chacune de ses paroles, laissais sa voix couler en moi et y faire naître des émotions qui m'enivraient. Elle racontait le tournage d'un film auquel elle avait participé, narrait tel épisode d'un de ses voyages en Sicile ou en Vieille-Castille, récitait en espagnol des poèmes de Machado, de Lorca, ou bien encore nous entretenait longuement de Thérèse.

Toujours habillé de noir, son compagnon ne souriait jamais. Je dois avouer que je le craignais et le fuyais. Je n'ai donc jamais eu beaucoup de contacts avec lui. Lors d'une répétition, quand il reprenait Maria, qu'il lui donnait des indications de mise en scène, le plus souvent je pensais à part moi que j'aurais eu une meilleure idée. Au fil des jours, je me suis rendu compte que je n'avais pour lui aucune sympathie, et cela m'était pénible. Porter sur cet homme un regard dénué d'amitié, c'était un peu comme si j'avais été en désaccord avec Maria. Comme si j'avais déploré qu'elle vive avec lui. Comme si j'avais sous-entendu qu'il ne la méritait pas.

*

J'aurais voulu m'intégrer à ceux qui gravitaient autour de Maria, mais je n'y parvenais pas. Il leur arrivait certes de converser sérieusement, d'échanger des idées, de débattre de problèmes de mise en scène, et j'avais alors profit à les écouter, mais trop souvent à mon goût, ils plaisantaient, riaient bruyamment, se disputaillaient, n'étaient que rarement eux-mêmes, et je ne pouvais me sentir à l'unisson. En tant que peintre, j'étais un solitaire. Mes réactions et mes comportements étaient différents des leurs. Maria n'était pas sans le percevoir, car avec moi elle avait d'autres manières et attendait que nous soyons seuls pour me faire part de ce qu'elle avait à me dire.

Je cherchais à multiplier les occasions de la rencontrer, et dans le même temps, je pressentais que je jouais avec le feu. Aussi avais-je résolu de voir Judith plus souvent. Elle était entrée dans ma vie un an plus tôt. Depuis, j'allais passer la nuit chez elle deux à trois fois par semaine. Étudiante en psychologie, elle était une jeune femme tourmentée, imprévisible, capable de violence, et nos rapports compliqués connaissaient plus de bas que de hauts. Encore maintenant, je m'explique mal pourquoi je m'étais attaché à elle. Je crois que j'avais été ému par sa difficulté à vivre et que je m'étais senti tenu de l'entourer et de lui venir en aide.

Nous nous retrouvions dans ce café situé à l'entrée de la ruelle qui part de la cathédrale Saint-Jean. Grillant cigarette sur cigarette, elle passait là trop d'après-midi ou de soirées en compagnie de copains, d'étudiants, de jeunes chômeurs. Ils refaisaient le monde, parlaient de cinéma, de groupes de rock, ou demeuraient de longs moments silencieux, enfermés en eux-mêmes. Tout comme au théâtre, je ne me sentais pas à l'aise parmi eux. Je ne restais dans ce café que le temps de renouer le contact avec Judith et de la convaincre d'aller travailler. Je voulais l'empêcher de rater sa vie, et la garde que je montais auprès d'elle me détournait de trop penser à Maria.

*

Texte en main, j'ai assisté à chaque répétition, me laissant imprégner par la magie de la voix et des mots. Puis est venu le moment où j'ai dû exécuter le décor qu'on attendait de moi.

Une nuit, j'ai demandé à rester seul dans le théâtre et je me suis mis en tenue de travail : vieilles espadrilles, vieux pull, vieux pantalon. Sur le plateau débarrassé de ce qui l'encombrait, j'ai déroulé les deux toiles que j'avais commandées. Au total j'aurais à couvrir une surface de cinq mètres sur dix, des dimensions pour moi impressionnantes. J'ai soigneusement préparé mes pots de couleurs, mon racloir, mes pinceaux et brosses à long manche, après quoi je me suis assis en haut de l'escabeau que j'avais dressé près de la toile. Je suis resté là un long moment à me concentrer, songer à Thérèse, laisser mon regard errer sur cette surface blanche, prendre des repères, imaginer comment j'allais procéder. J'étais angoissé, craignais de ne pas savoir traduire cette passion de l'absolu qui avait possédé cette femme. Mais je combattais cette peur, repoussais la tentation d'abandonner avant même d'avoir commencé. Enfin, après m'être recentré, après avoir rassemblé mon énergie et senti que j'étais prêt, j'ai sauté au bas de l'escabeau et suis entré en action. Il fallait que je peigne avec fureur, que je hache cette surface à grands traits, d'un seul élan, sans m'arrêter.

D'abord des bruns, de la boue, du limon. Cette terre lourde et épaisse dans laquelle est pris le corps humain. Une terre dont Thérèse a eu à se détacher tout en préservant les racines qui avaient à se maintenir en elle.

Ensuite, des ocres. Foncées. La confusion. Le tâtonnement. La période où elle se cherche. Une touche de rouge mat. Juste une braise. Une lueur faible, intermittente. L'amorce du feu qui va plus tard l'embraser.

Puis des ocres claires. Mais hachurées de brun. Des touches orientées en tous sens et qui s'entrecroisent, se chevauchent. Les années de combat. Des forces en lutte les unes contre les autres. Thérèse déchirée, écartelée, consumée. Conduite aux limites de l'intenable. Mais ici et là des zébrures d'un rouge moins sombre : la lumière cherchant à repousser la nuit.

Au-dessus, une frange noire. La période la plus tragique. Celle de la plus profonde ténèbre. Du passage par la mort à soi-même. L'épuisement. Le corps qui se délabre, est menacé de sombrer. Un noir d'où s'élève pourtant l'éclatement des rouges. Des rouges et des orangés mêlés de suie, d'opacité. La flamme grandit mais n'est pas encore lumière.

Enfin l'ineffable clarté de la seconde naissance. Une paisible lumière blonde. Qui ne s'éteindra plus. Conquise au prix d'indicibles souffrances.

La toile drainée de bas en haut par un mouvement ascendant. Celui de la lente et difficile élévation d'une Thérèse élaborant sa lumière à partir de sa nuit.

Le silence du théâtre vide. La soudaine étrangeté du lieu. De cette toile où vibrent mes couleurs. De cette amitié nouée avec une femme hors du commun perdue en un lointain passé.

Je suis monté sur l'escabeau pour me placer en surplomb, mais j'étais dans un trop grand état d'excitation et ne pouvais juger de ce que j'avais fait, ni discerner ce qu'il y avait à reprendre.

Il était tard. Je n'avais aucun désir de rentrer chez moi. J'appartenais encore à ce que je venais de réaliser, à ce que je venais de vivre, à ces couleurs dont l'odeur emplissait le théâtre. Dans une pièce où étaient rangés des costumes et des accessoires, j'ai déniché une toge et une houppelande. J'ai enfilé la première, enroulé la seconde autour de moi. Puis je me suis étendu près de ma toile et c'est là que j'ai dormi.

*

Le lendemain, le châssis sur lequel j'avais cloué les toiles a été dressé au fond de la scène. Quand le rideau s'est levé et que Maria a découvert ce que j'avais réalisé, elle l'a contemplé en silence, et je me suis gardé de faire le moindre commentaire. Anxieux, j'attendais son verdict.

— Ça va... ça va... ça me convient... Je vois que tu as compris ce qu'elle a vécu.

— Je pourrais peut-être l'améliorer ?

— Non. Ne l'abîme pas.

Les jours suivants, le décor a été mis en place et Maria a effectué les ultimes mises au point.

À l'exception d'une croix, une cellule aux murs nus. Pour seul mobilier, un lit étroit, une petite table avec une bible, une chaise en bois, une cruche dans un angle. Dès les premières secondes, avant que Maria n'apparaisse dans sa robe de bure, la lumière était coupée de raies noires figurant la clôture, l'enfermement. Puis ces raies disparaissaient. L'éclairage restait faible mais irait s'avivant, quoique sans devenir intense. Tout au long, une impression d'austérité, d'intimité, de recueillement.

Le spectacle a été bien reçu. Conçu en huit tableaux, avec des textes remarquablement choisis, portés par une voix qui savait les faire vivre, il permettait de bien se représenter l'aventure terrestre et mystique de la sainte. À la fin, quand Maria concluait en disant par trois fois en espagnol *notre désir est sans remède*, le public demeurait silencieux, et ce n'est qu'après de longues secondes qu'éclataient les applaudissements.

*

Maria-Thérésa. Deux femmes en une. Celle que je côtoyais me frappait par sa vitalité. Au cours de la représentation qui durait une heure trente, elle donnait beaucoup d'elle-même, mais quand elle nous rejoignait, soit dans la salle, soit au café, elle n'était nullement fatiguée, et jusqu'à une heure tardive, elle animait la discussion, déclenchait les rires, avait un tel rayonnement qu'on ne la quittait qu'à regret.

Le succès de son spectacle lui valait des louanges, des invitations, des interviews, de nouveaux amis, des propositions pour une tournée et un film à la télévision..., et je m'en réjouissais. Elle avait fourni une telle somme de travail. Durant ces semaines, j'avais vécu à travers elle — la tension et l'angoisse quand elle préparait le spectacle, puis la délivrance et la joie une fois la partie gagnée — et l'admiration que je lui portais, le sentiment que j'éprouvais pour elle étaient allés croissant. Mais qu'aurais-je pu lui dire ? Un compagnon, un métier qui la passionnait, un succès qui s'ajoutait aux succès passés, des gens qui la louaient, l'entouraient, la sollicitaient, elle était une femme comblée, et si je m'étais aventuré à lui révéler la place qu'elle avait prise en moi, elle n'aurait pu qu'en être amusée.

Quand le groupe se dispersait à une ou deux heures du matin, j'étais seul à les accompagner à leur voiture, le dernier à leur serrer la main. Lui que je détestais de plus en plus. Elle que j'aurais voulu prendre dans mes bras. Et tandis qu'en arrêt au bord du trottoir je voyais leur voiture s'éloigner, les mots de Thérèse qu'elle avait prononcés quelques heures plus tôt me revenaient, et j'entendais : *Ton désir est sans remède. Il ne pourra jamais s'assouvir. Ne pourra que creuser en toi une longue et lancinante souffrance.*

Je rentrais à pied dans le froid de la nuit par de petites rues désertes qui m'amenaient au bas de la colline. Seul le bruit de mes pas troublait le silence. Je continuais d'entendre sa voix, ses rires, de voir pétiller son regard, s'étirer ses lèvres, d'imaginer mes mains enveloppant ses seins à l'abri de son pull... Lors de cette soirée où elle était apparue sur la scène de ce petit théâtre de banlieue, pourquoi certains vers du poète emprisonné s'étaient-ils gravés en moi ? M'annonçaient-ils déjà ce que j'allais vivre ? En tout cas, ils n'ont cessé de travailler ma mémoire et c'est bien souvent qu'une voix silencieuse me répétait :

nous autres nous sommes
six cents hommes
privés de femmes
...
il m'est interdit
de toucher à ta chair

Pour me protéger, pour connaître un peu de repos, je m'interdisais d'oser la désirer.

Mais comment étouffer le désir ? Comment mettre fin à un besoin qui vous taraude et vous hante ?

*

Nous approchions de Noël. Je savais que je ne pourrais bientôt plus traîner au théâtre, qu'à l'avenir je ne la rencontrerais que de loin en loin, et cette idée que j'allais être privé de ce que je recevais d'elle, cette idée m'accablait. Je n'arrivais plus à peindre et ne me supportais plus dans mon studio. Je recherchais la compagnie de Judith, mais je me rendais compte qu'en moi son visage et sa présence étaient évincés par le visage et la présence de Maria. J'étais sombre, verrouillé dans mon mutisme. Je me découvrais irritable et mes accrochages avec Judith étaient plus fréquents.

*

Sur ces entrefaites, j'ai voulu rendre visite à mes parents qui habitaient à trois rues de la mienne. J'étais plus ou moins brouillé avec mon père et il y avait trois ans que je n'avais remis les pieds à la maison. Mais je voyais régulièrement ma mère qui venait dans mon studio ou me donnait rendez-vous dans des cafés.

Quand j'ai été bachelier, mon père aurait voulu que je fasse des études pour me préparer à prendre un jour sa succession à la tête de son cabinet d'expert-comptable. Son désir était légitime et je le comprenais fort bien. Mais moi, depuis l'âge de dix ans, je savais que je voulais être peintre. Tout enfant, dès que j'avais un moment, il fallait que je m'empare d'un crayon, d'une feuille de papier et que ma main griffonne ce que lui dictait mon imagination. À l'adolescence, ce besoin de dessiner et de peindre s'est fait de plus en plus impérieux, et depuis cette époque, je n'ai jamais remis en question ce qui s'était imposé à moi comme une évidence. Mon père n'a jamais pu accepter que je m'engage dans cette voie. Il m'a donc coupé les vivres dès que je suis entré aux Beaux-Arts. Au lieu de prendre mal la chose, j'ai aussitôt vu les avantages de la situation. J'étais soudain obligé de me débrouiller, de m'assumer, et cela ne pourrait que contribuer à me former, m'enrichir, me donner une certaine expérience de la vie. J'étais d'autant plus résolu à me tirer d'affaire et mener à bien mes études, que je voulais prouver à mon père que j'étais puissamment motivé, que ma volonté de devenir peintre n'était pas une lubie de jeune privilégié qui délaisserait ses pinceaux après avoir travaillé quelques années en dilettante.

Au début, je passais à la maison en fin de semaine. Mais chaque fois, mon père me faisait la leçon, me prédisait que je serais un raté, m'alléchait en me faisant miroiter que tout serait pour moi plus facile si j'acceptais de me ranger à ses vues. Quand le ton de la discussion montait, il n'hésitait pas à m'agonir de sarcasmes, de paroles blessantes, et j'en avais alors pour plusieurs jours à me remettre. Après quelques mois, force m'avait été de reconnaître que ces rencontres me démolissaient et que j'avais tout intérêt à ne pas les renouveler. Je me suis donc tenu à cette résolution et les mois ont passé. Ma mère m'aimait, me comprenait, se montrait attentive à mes recherches encore tâtonnantes, et elle souffrait de cet état de fait. Par affection pour elle et pour tenter de dénouer la situation, j'ai donc décidé un jour de réapparaître à la maison.

Quand j'ai fait face à mon père, j'avais le regard d'un vainqueur. Je venais lui annoncer que pour la première fois j'avais gagné de l'argent avec ma peinture. À la suite de mon exposition, deux de mes toiles avaient été acquises par un collectionneur. Et mon décor m'avait rapporté une somme qui me paraissait assez rondelette. De surcroît, on avait pu me voir par trois fois dans les journaux en photo aux côtés d'une comédienne qui triomphait dans un spectacle loué par la critique. Mais mon père est buté et n'a pas su faire amende honorable. J'ai donc eu droit à ses habituelles railleries.

— Ne me parle pas de ta barbouille... Refuser un bel avenir pour un métier de crève-la-faim... Pour fabriquer des trucs inutiles dont tout le monde se fout...

Je n'ai pu me retenir. Mon poing est parti et l'a violemment frappé en pleine figure. Puis ce qui ne s'est plus effacé de ma mémoire : ses mains pressées contre son visage. Le sang coulant entre ses doigts. Les cris de ma mère. Moi prenant la porte, dévalant les escaliers, et une fois dans la rue, fuyant à toutes jambes. Comme si on pouvait jamais s'échapper. Comme si on pouvait jamais effacer l'acte qui va pourrir vos jours.

*

Maria était partie en Espagne avec ses deux fils pour aller fêter Noël dans la famille de son père. Je ne pouvais oublier qu'elle était à des centaines de kilomètres, dans un pays que je ne connaissais pas, et je souffrais de son absence.

Quand arrive Noël, je voudrais retrouver un peu de mon enfance, et j'attends cette fête avec une si fiévreuse impatience que je ne peux qu'être déçu. Cette année-là, ma déception a été pire que par le passé. Judith passait maintenant le plus clair de son temps dans ce café, près de la cathédrale. Je ne pouvais ni l'en déloger, ni la couper de cette bande de paumés qui lui tenaient lieu de famille. Elle avait donc voulu que nous fassions le réveillon avec eux. Ce fut une soirée lugubre. Elle avait d'ailleurs mal commencé, car nous nous étions chamaillés. J'avais été blessé par son refus d'aller voir le spectacle de Maria. Il est vrai qu'en lui parlant trop de celle-ci, j'avais sans doute excité sa jalousie, et elle avait pris un mauvais plaisir à dénigrer ce spectacle, à me reprocher d'en avoir réalisé le décor.

Lorsque nous quittions le café, nous avions l'habitude, au lieu de le contourner, de traverser le parvis de la cathédrale. Cette nuit-là nous venions d'arriver sur ce parvis quand j'ai brutalement pris conscience que Judith était malade, que je ne pouvais rien pour elle, qu'elle m'empoisonnait la vie. Pendant cette soirée de réveillon, elle avait trop bu, parlé trop fort, ri trop bruyamment, et j'avais eu le plus grand mal à lui cacher mon exaspération. Elle traînait à deux pas derrière moi, me lançant des piques, cherchant à me faire sortir de mes gonds, et sur-le-champ ma décision avait été prise. Je m'étais planté devant elle.

— J'en ai assez, Judith. Je vais te quitter là et ne plus te revoir.

— Quoi ?

— Oui, tout est trop compliqué avec toi. Tu m'épuises. Je ne peux simplement plus te supporter.

Elle s'est approchée, a plaqué ses mains de chaque côté de mon visage. J'ai cru à un geste de repentir, d'apaisement, mais soudain, enfonçant ses ongles acérés dans mes joues, elle y a creusé de profondes estafilades. Je n'ai pu que répliquer. L'ai giflée à tour de bras. Elle s'est affalée sur les dalles, s'est mise à sangloter. Ne sachant que faire, je me suis sauvé. Mais après quelques pas, ma fureur s'est retournée contre moi, et il m'a paru que j'étais un être méprisable.

*

Je suis resté terré chez moi. Mes joues me cuisaient et je ne pouvais me raser. Je me regardais dans la glace, me demandant si ces balafres me laisseraient des cicatrices. Quand je descendais à l'épicerie ou à la boulangerie, les gens me dévisageaient, et je lisais dans leurs yeux : *On l'a vraiment arrangé. Qu'a-t-il bien pu faire ?*

Maria m'avait appris que son théâtre avait été baptisé *La Mouette* en référence à une pièce de Tchekhov. Ce nom, je le connaissais vaguement mais n'en savais pas plus. Elle m'avait alors longuement raconté sa vie, parlé de son œuvre, et j'avais perçu combien elle l'admirait. Dès que je l'avais quittée, je m'étais précipité dans une librairie et m'étais procuré ses nouvelles. Je les ai lues avec ferveur et elles ont laissé en moi une forte empreinte. Mon souvenir de cette découverte, et à travers ces textes, de ma découverte de la Russie de cette époque, est demeuré lié à ces jours de grisaille et de cafard où mes joues me brûlaient, où Maria me manquait atrocement, où j'avais à lutter contre un écrasant sentiment de culpabilité. Comment moi, ordinairement si calme, avais-je pu par deux fois céder à la violence et provoquer ces deux ruptures ?

Début janvier, je me suis rendu à la galerie pour présenter mes vœux à M. et Mme Magnin. Mes joues n'étaient pas encore cicatrisées, et quand je me suis avancé vers elle, le visage de Mme Magnin s'est rembruni. La question qu'elle s'est retenue de formuler, son mari n'a pas craint de me la poser. Au cours de la conversation qui a suivi, Mme Magnin m'a demandé si j'avais une idée de ce que j'allais peindre durant les mois à venir.

— Je ne sais pas trop. Ces temps, je ne rêve que de départs, de voyages...

— Vraiment ?

— Oui, j'aimerais être loin. Je crois que ça m'aiderait à voir plus clair.

Ces mots que je venais de prononcer m'ont surpris. Ayant parlé de voyages, je me suis vu en Castille, sac au dos, arpentant des chemins que Thérèse avait jadis empruntés. Pour fonder ses monastères, elle avait sillonné l'Espagne en tous sens, parcourant au total quelque huit mille kilomètres. Ce serait peut-être une intéressante expérience à vivre que d'aller à la découverte de ce pays en prenant les itinéraires qu'elle avait suivis. On était en hiver, mais qu'importait. Elle-même n'avait jamais craint d'affronter des chaleurs torrides ou les températures quasi polaires des sierras.

Mais j'étais là face à Mme Magnin, et elle m'entretenait de la maison qu'ils possédaient près de Florence, maison dans laquelle ils se rendaient chaque été et dont je connaissais l'existence. Si cela me convenait, ils me la prêteraient, je pourrais aller y travailler pendant quatre ou cinq mois. Sans réfléchir, sans me poser la moindre question, j'ai accepté.

Deux jours plus tard, je suis venu leur faire mes adieux. J'avais eu le temps de revoir ma mère et de trouver quelqu'un qui donnerait à ma place les cours de dessin que je devais assurer. Je n'emportais qu'un minimum de vêtements, mes pinceaux, un volume des lettres de Van Gogh, plus une dizaine de cassettes qui m'aideraient à apprendre l'italien.

Avant de quitter mes généreux amis, je leur ai demandé de ne communiquer mon adresse à personne. Puis je les ai embrassés et me suis sauvé tel un voleur, soulagé de me dire qu'entre moi et Maria tout contact serait rompu. Je voulais me retrouver seul. Je voulais oublier ce qui s'était passé pour moi depuis un certain soir d'automne. Je voulais me remettre à peindre, éprouver à nouveau cette sensation de m'immerger dans la vie que je connais quand je travaille une toile.

*

Dès le premier jour, j'ai fait provision de tubes de couleurs, de feuilles à dessin et de toiles. Des toiles de plus grand format que celles que j'utilisais habituellement. Depuis que j'avais peint ce décor, je sentais que j'allais oser davantage, me montrer plus aventureux.

Pour transformer la salle de séjour en atelier, j'ai poussé les meubles dans un coin de la pièce, non sans avoir au préalable pris les repères qui me permettraient, la veille de mon départ, de les replacer là où je les avais trouvés. Ensuite, j'ai étalé sur le sol des feuilles de journaux, et sur une chaise protégée par du carton, j'ai dressé ma première toile. J'avais hâte de commencer, de n'avoir rien d'autre en tête que ma peinture, de ne plus être harcelé par la pensée que je m'étais mal comporté avec mon père, avec Judith, et d'une manière moindre, avec Maria. Mais après avoir travaillé deux jours, j'ai dû abandonner.

J'étais las, ne parvenais pas à imposer silence aux remords qui me rongeaient. Je traînais dans la maison, passant d'une pièce à l'autre et ne cessant de fumer.

La villa des Magnin était située sur une colline, à Fiesole, et par la baie, on avait vue sur Florence. Je passais des heures à rêvasser en laissant mon regard errer sur les toits de la ville, sur les tours et les clochers, sur l'Arno, sur les collines environnantes. Je disposais de tout mon temps et j'aurais pu mettre à profit cette chance que j'avais pour partir à la découverte de cette ville où il y avait tant à voir, mais je n'en avais pas le désir. Ou plus exactement, je n'étais pas en état de vivre les fortes émotions qu'elle m'aurait données. Tant d'architectes, d'écrivains, de peintres et de sculpteurs à l'immense talent avaient vécu et travaillé là... Pour aller flâner dans les rues où ils avaient déambulé, pour ne pas me sentir écrasé par tout ce qu'ils nous avaient légué, il fallait que j'attende d'avoir reconstitué mon assise.

L'été, les Magnin employaient une femme du voisinage. En leur absence, elle s'occupait de la maison. Chaque matin, elle me rendait visite, s'inquiétait de savoir si je ne manquais de rien. J'avais tant de plaisir à la voir que j'attendais sa venue avec impatience. Je lui offrais un café et nous parlions. Je ne comprenais pas grand-chose à ce qu'elle me racontait, mais nous discutions avec force gestes, et il arrivait même que nous ayons de longues conversations. Je l'appréciais d'autant plus que sa vivacité, sa pétulance, son regard aigu, son extrême féminité, me permettaient de retrouver ce que j'éprouvais en présence de Maria.

*

Nous étions au cœur de l'hiver, mais le temps était clair et doux. Je partais vers l'intérieur et effectuais de longues promenades dans les collines. La solitude qui était présentement la mienne me paraissait plus pesante que celle dont j'avais souffert, parfois, au sein de ma ville. Les heures ne s'écoulaient pas. Les paysages que je découvrais et qui auraient dû m'intéresser ou faire vibrer en moi une certaine fibre, me laissaient indifférent.

Les Magnin auraient sans doute mal compris que je rentre si tôt, mais si je n'avais craint de leur donner à penser que je ne savais pas ce que je voulais, je n'aurais pas hésité un seul instant à prendre le chemin du retour.

*

Chaque soir, je m'imposais d'écouter mes cassettes pendant deux heures. Ce qui me poussait à apprendre quelques mots d'italien, c'était le désir de pouvoir mieux communiquer avec cette femme auprès de laquelle, en début de journée, je trouvais un certain apaisement. Je me sentais si seul. J'avais besoin de la voir et j'espérais qu'en la comprenant mieux, je réussirais à la retenir chaque matin un peu plus longtemps. Mais je n'ai pas été long à me décourager. Après une quinzaine de jours, j'ai rangé ces cassettes et ne les ai plus réécoutées.

Pour meubler ces longues soirées, je lisais des lettres de Van Gogh. Sa vie forcenée. Son combat contre l'incompréhension, la solitude, une dure souffrance. J'étais à vif et chacun de ses mots me meurtrissait, m'entaillait, faisait saigner ma blessure. J'avais déjà suffisamment vécu l'affrontement avec la toile pour savoir que la peinture était une entreprise tragique. Car comment témoigner de l'être humain et de la vie en sa totalité avec des formes et des rapports de couleurs ? Tentative impossible. Je devais endurer cet échec et ne pouvais le supporter. Moi aussi, à mon niveau, avec mes pauvres moyens, je menais un combat analogue à celui qu'avait mené le génial Hollandais. Écartelé par ma faim de l'intemporel et par cette conviction que j'allais passer ma vie à échouer, j'avais une conscience acérée des enjeux de cette aventure. D'où parfois de terribles instants. Qui me laissaient anéanti.

Tout comme j'avais renoncé à travailler, puis à écouter mes cassettes, j'ai renoncé une fois encore. Après en avoir dévoré quelques dizaines de pages, une nuit j'ai fermé ce livre et ne l'ai plus repris.

*

Le matin, dès que j'ouvrais les yeux, c'était là. Et ce serait là tout le jour, jusqu'à ce que je m'endorme. Et la nuit, lors de mes insomnies, ce serait encore là. Je n'avais aucun répit. Un poids qui oppressait. Une brume qui me coupait du monde. Une hémorragie par laquelle s'écoulait ma vitalité. Oui, une insurmontable, une infinie désespérance. L'impossibilité de penser à rien d'autre qu'à cette voix. À cette femme qui ignorait tout de ce que j'éprouvais pour elle. Cette Maria que j'aurais voulu n'avoir jamais rencontrée et que j'étais résolu à ne plus revoir.

*

Je n'ai jamais été porté à m'apitoyer sur moi-même. En dépit de ce qui m'arrivait, je n'oubliais pas qu'ailleurs, en de nombreux pays, des hommes et des femmes étaient écrasés par la misère, souffraient de la faim, étaient emprisonnés ou chassés de leur pays, vivaient dans de telles conditions qu'ils perdaient toute dignité, et il ne m'échappait pas qu'en comparaison l'épreuve que je traversais pouvait prêter à sourire. Je savais cela, je me le répétais, mais je n'en recevais aucun soulagement. Je savais aussi que l'être humain est bien souvent insatisfait, amer, en conflit avec lui-même, et il me venait la crainte d'être de ceux qui ne parviennent jamais à se dépêtrer de leur mal de vivre.

*

Avant ma rencontre avec Maria, j'avais aimé, mais je me rendais enfin compte qu'auparavant, je m'étais abusé. Parce que j'étais prisonnier de sentiments de convention. Depuis, un sentiment fort et vrai s'était emparé de moi, et il faisait apparaître combien factices et illusoires avaient été ceux auxquels je m'étais naguère abandonné. L'amour n'était pas ce que j'avais cru. Ou du moins, je découvrais que lorsqu'il ne pouvait être pleinement vécu, il n'était qu'ennui, solitude accrue, désolation...

Chaque semaine, je tenais à donner de mes nouvelles aux Magnin. Souvent au dos d'une carte postale. Mais je ne voulais ni leur mentir ni leur avouer que ça n'allait pas fort, que les jours se traînaient sans que je puisse aborder une toile. Il me fallait parfois toute une soirée pour agencer ces quelques phrases. D'autant que je n'ai toujours écrit qu'avec difficulté. Quand j'étais lycéen, ce m'était une torture que d'avoir à rédiger une dissertation. Les mots semblaient se refuser à moi. Ou bien était-ce ma pensée qui était si confuse, si empêtrée, que je ne parvenais pas à cerner ce que je voulais dire.

Pour m'imposer un défi, pour m'entraîner à ne plus me bloquer devant une feuille blanche, j'ai décidé d'écrire chaque soir quelques lignes sur la journée qui viendrait de s'écouler. Bien qu'insignifiantes et sans réel intérêt, peut-être me donneraient-elles le sentiment de n'avoir pas totalement perdu mon temps.

*

Un matin, alors que j'attendais mon habituelle visiteuse, j'ai eu la surprise de voir arriver le facteur. Il m'apportait une lettre. Ample, harmonieuse et légèrement penchée, l'écriture m'était inconnue. Je me suis empressé de déchirer cette enveloppe et mon regard a d'emblée cherché la signature. Maria ! C'était Maria qui m'écrivait.

Cher lâcheur

Tu nous as laissé tomber et nous t'en avons voulu. Ah ! ces artistes... Toujours imprévisibles... Lubies et sautes d'humeur... Vraiment, quelle idée de disparaître ainsi. Heureusement que M. Magnin m'a permis de retrouver ta trace.

Figure-toi que dans quelques jours je vais débouler chez toi. Et te demander l'hospitalité. Pour deux nuits. N'en sois pas étonné. En fait, je vais effectuer une tournée en Italie. Jouer mon Thérèse d'Avila *dans une trentaine de villes !... Alors tu m'acceptes ?*

J'ai encore travaillé dur pour traduire en italien les textes de Thérèse et les apprendre à nouveau. J'ai besoin maintenant de récompenses. Il faudra que tu me balades dans cette Florence qui ne doit plus avoir de secrets pour toi. Je connais Rome, Naples et ma chère Sicile, mais je n'ai jamais eu l'occasion de m'arrêter dans cette ville bellissime.

Je me déplace avec deux assistants. Ils iront à l'hôtel. Ils trimballent le décor, dont la superbe toile que tu as réalisée pour nous.

Ciao

Maria

Je te téléphonerai mon heure d'arrivée à Florence.

La joie, le bonheur que j'ai eu à apprendre qu'elle allait arriver. À lire et relire cette lettre alors que j'entendais en moi se balbutier : *Viens, Maria, viens. Viens sans tarder. Je t'attends non depuis des semaines, mais depuis si longtemps.* Ce dernier mot a fait resurgir les mots du poète emprisonné. Ceux que la voix merveilleuse avait déposés en ma mémoire :

cela fait cent ans
que je n'ai pas vu ton visage
que je n'ai pas touché
à la chaleur de ton ventre

*

La femme qui venait chaque matin a voulu préparer la chambre où dormirait Maria. Mais j'ai préféré m'en charger. Faire son lit m'incombait. Et je voulais être seul à traîner dans cette pièce où elle allait se dévêtir.

Une chance inespérée s'offrait à moi. Maria était une femme libérée et j'imaginais qu'elle ne verrait pas d'objection à ce que nous passions une nuit ensemble. Et tant pis si celle-ci restait sans lendemain. Au moins pourrais-je pendant quelques heures la tenir dans mes bras, la caresser, retrouver la vie en m'enfouissant en elle.

Mais comment allais-je m'y prendre ? J'ai pensé lui écrire une lettre. Une lettre qui lui révélerait ce qu'elle devait savoir. Cette lettre, je la déposerais sur son oreiller. Elle la lirait, et profondément remuée, elle m'inviterait à la rejoindre. Ou bien elle préférerait attendre le lendemain. Attendre que nous ayons parlé. En ce cas, nul doute, les paroles qui me viendraient aux lèvres achèveraient de la convaincre, et nous ferions alors de cette dernière nuit une fête des plus ardentes.

J'ai écrit cette lettre, mais elle était si maladroite, elle donnait si peu une idée de ce que je vivais, qu'il était facile de prévoir qu'elle n'aurait aucun effet sur Maria. Je l'ai déchirée et j'ai envisagé une autre solution.

Il fallait que dès le premier soir nous ayons une longue conversation à la villa. Seul à seule. Dans le silence de la nuit. Et je lui poserais différentes questions. Avait-elle une fois véritablement aimé ? Avait-elle connu une déception amoureuse ? Avait-elle aimé sans être aimée ? Insensiblement, j'en viendrais à lui dire que depuis des semaines je vivais dans le manque de sa voix, de son visage, de ses yeux, de son corps, de toutes ces vibrations qui se déployaient autour d'elle. Je lui parlerais avec une telle ferveur, une telle gravité, qu'elle percevrait la profondeur de ma souffrance et accepterait qu'une histoire s'ébauche entre nous.

Il était vingt heures quand ils sont arrivés à la gare. Après un bref dîner à quatre dans un restaurant, un taxi nous a menés tous deux à la villa. Florence était la cinquième étape de sa tournée, et fatiguée, elle a voulu aller aussitôt se reposer.

À sept heures du matin, elle était déjà sur le pied de guerre. J'avais pensé qu'elle se lèverait tard et que nous prendrions le petit déjeuner sur la terrasse. La fraîcheur matinale nous a imposé de rester à l'intérieur, et la dernière bouchée à peine avalée, nous sautions dans un taxi pour descendre à Florence. En me remerciant pour les fleurs que j'avais placées dans sa chambre, elle a trouvé étonnant que je n'aie pas profité de mon séjour pour découvrir cette ville, visiter ses églises et ses musées. Mais elle n'a pas cherché à savoir pourquoi je n'en avais pas eu le désir.

L'après-midi, nous l'avons passé au théâtre où, avec ses deux assistants, elle a mis en place le décor, réglé les éclairages et la sonorisation. Une fois que tout a été au point, elle a voulu prendre un thé dans une pâtisserie. Ensuite, elle est revenue au théâtre et a gagné sa loge. Il lui fallait se concentrer et revoir son texte.

J'ai évidemment assisté à la représentation. Je n'ai pu comprendre les mots qu'elle déclamait, mais j'ai vécu un délicieux moment à me laisser à nouveau envoûter par sa voix.

Au restaurant, nous étions une trentaine et je n'ai pu me trouver à ses côtés. Il était plus d'une heure du matin lorsque nous sommes rentrés à la villa. À dix heures, une voiture est venue la chercher. Elle devait se rendre à Sienne où elle jouerait dans la soirée et aussi le lendemain. Elle est partie sans me demander comment se déroulait mon séjour, sans même désirer voir les toiles que j'aurais dû peindre.

*

Je suis resté plusieurs jours sans pouvoir réagir, sans pouvoir penser. Puis le désir m'est venu de rentrer chez moi. Je ressentais le besoin de revoir ma mère et Mme Magnin. Puisque je n'arrivais pas à peindre et n'avais pas le cœur de jouer au touriste, je n'avais aucune raison de prolonger ce séjour. De retour dans mon studio, peut-être retrouverais-je la capacité de travailler à nouveau.

Dans le même temps, j'avais l'impression que prendre le train, ç'aurait été me dérober. Une épreuve m'était imposée. Il fallait que je reste, que je la subisse, que je voie ce qui en résulterait. Après mûre réflexion, j'ai donc décidé de remettre mon retour à plus tard.

Je pensais plus que jamais à Maria. Lors des longues soirées à *La Mouette* ou au café voisin, elle s'était parfois montrée cassante, ou bien capricieuse, et en plusieurs occasions, elle avait fustigé Jean, lui avait asséné des paroles cinglantes, ne s'était pas fait faute de nous montrer qu'elle le dominait, et qu'en réalité, dans ce théâtre, c'était elle la patronne. Ces comportements m'avaient terriblement gêné, et je m'étais efforcé de les oublier. En ces jours de grand doute, ils me revenaient en mémoire et je me posais maintes questions. Pourquoi avait-elle choisi pour ce spectacle des textes de cette nature ? En faisant découvrir l'aventure de cette mystique à un large public, avait-elle voulu profiter de ce qu'on appelait depuis quelques années un « retour du religieux » ? Ou entretenait-elle un rapport fort et intime avec l'œuvre de Thérèse ? Et en ce cas, que lui avait apporté cette œuvre ? Qu'en avait-elle reçu ? Prenant exemple sur la sainte, avait-elle essayé, si peu que ce fût, de s'abstenir de ces paroles, attitudes et comportements qui navraient ceux qui l'admiraient, les mettaient mal à l'aise ? Les réponses que je ne pouvais m'empêcher de donner à ces questions ne me convenaient pas, ne se conciliaient pas avec l'image que je chérissais. Aussi ai-je préféré penser qu'elles m'étaient inspirées par ma rancœur, et que je devais les chasser de mon esprit. D'ailleurs, moi-même, qu'avais-je retiré de ma lecture de cette œuvre, de ces soirées où j'avais bu les mots tombant des lèvres de Maria ? Avais-je seulement médité certaines pensées de la sainte ? Avais-je su m'inspirer de ses écrits pour m'employer à devenir meilleur, m'appliquer à mieux vivre et mieux aimer ? Je n'avais abordé cette œuvre qu'en fonction de Maria, et rien de son contenu ne m'avait atteint.

Je continuais à effectuer de longues balades par de petits chemins qui longeaient des champs d'oliviers. Le printemps éclatait de toutes parts, mais il m'était impossible de me sentir accordé à cette montée des sèves, et au lieu de me donner du plaisir, de la joie, les forsythias, les lilas, les magnolias qui fleurissaient les somptueuses villas environnantes, m'enfonçaient un peu plus dans ma détresse. Mon œil de peintre observait ces merveilleuses couleurs, mais en moi rien ne frémissait.

Chaque soir, je continuais, avec quelle difficulté, à rédiger des notes. Mais je n'y consignais que les menus faits de la journée. Ces notes ne rendaient pas compte de ce que je vivais en profondeur. Il m'a donc paru nécessaire d'écrire pour moi seul un petit texte qui m'aiderait à comprendre en quoi ces semaines de solitude et de repli m'avaient changé.

Une autre raison me poussait à entreprendre ce texte. J'avais mauvaise conscience de ne pas peindre et il m'était insupportable de savoir que je ne produisais rien. En noircissant ces quelques pages que je pourrais emporter, je n'aurais pas les mains vides en quittant la villa. Ce serait bien sûr une maigre consolation, mais je n'avais pas à espérer plus.

*

Dans ce texte aux phrases maladroites, je me suis appliqué à analyser les changements survenus en moi depuis mon arrivée à Fiesole.

Il était évident qu'au cours de ces interminables journées de face à face avec moi-même, la souffrance m'avait profondément modifié. En coupant à leur racine des illusions, des peurs, des fantasmes, des idées erronées, des conceptions flottantes et brumeuses..., qui m'avaient empêché jusque-là de pleinement participer à la vie, elle m'avait fait entrer dans l'âge adulte. J'en retirais une impression contradictoire. Je sentais que mon goût de la vie, ma capacité d'aimer, mon besoin de peindre avaient été profondément ébréchés, mais d'autre part, il m'apparaissait que j'étais moins confus, moins incertain, plus proche de moi-même. Ainsi ne pouvais-je douter que ma mue avait commencé. Je m'en réjouissais, quand bien même je savais que cette mue serait lente et élevé le prix à payer. Je l'avais appris en lisant des biographies de peintres. La mue de Van Gogh avait duré onze ans. Celle de Cézanne, une vingtaine d'années. Et la grande Thérèse elle-même n'avait vu s'achever son combat et ses tourments qu'après avoir franchi le cap de la quarantaine. En méditant sur les épreuves par lesquelles ils étaient passés, sur celles qu'inévitablement j'allais rencontrer, je mesurais combien tout aurait été pour moi différent si Maria avait pu se tenir à mes côtés sur ce chemin qu'il me fallait gravir.

*

J'ai replacé les meubles là où ils devaient se trouver. Mes tubes de couleurs, je les ai gardés, mais je suis allé reporter mes toiles et feuilles de dessin vierges chez le marchand. J'ai réussi à lui expliquer qu'il pourrait les offrir au premier jeune peintre qui se présenterait dans sa boutique. La veille de mon départ, j'ai invité au restaurant la femme qui, par ses visites et sans qu'elle le sache, m'avait beaucoup aidé à supporter ma solitude. Quand je l'ai quittée en bas de chez elle et que je l'ai embrassée, j'étais ému.

Mon bilan était maigre. Au lieu des toiles que j'aurais dû peindre, je n'emportais en tout et pour tout qu'une dizaine de pages destinées à garder trace de mon évolution. J'étais terriblement insatisfait, mais je savais que ce séjour avait été pour moi une étape importante.

J'ai retrouvé ma mère, M. et Mme Magnin, mon studio, les rues et les places de ma ville avec une joie profonde. Mais chaque fois que je sortais, je redoutais de rencontrer Judith et plus encore Maria. De surcroît, j'avais pris en grippe les décors de mon ancienne existence. Ils me tiraient en arrière, me rappelaient des moments que je voulais absolument oublier.

Après avoir pesé le pour et le contre, j'ai jugé qu'il était préférable que j'aille habiter à Paris.

*

À Paris, j'ai vécu dans des conditions difficiles.

Les petits boulots qui me permettaient de survivre ne me laissaient que peu de temps pour peindre. Le plus souvent, ne supportant pas de rester enfermé dans ma chambre, je marchais interminablement dans les rues. Je n'allais pas voir les expositions, ne me rendais pas dans les musées, n'avais aucun désir de faire des rencontres. J'écrivais de temps à autre à ma mère — mes lettres étaient adressées à l'une de ses amies, car nous correspondions à l'insu de mon père —, à Mme Magnin, et je faisais mon possible pour ne rien laisser paraître de la crise que je traversais.

Tout avait commencé à l'adolescence. Une souffrance sourde. Une insatisfaction permanente. L'incapacité à vivre le présent. Parce que j'étais toujours à attendre. Attendre ce que je ne pouvais pas me représenter, ce que je ne savais pas nommer, mais ce qui, assurément, aurait dû combler ma faim. Quand donc avais-je perdu ce que je n'avais jamais possédé et dont le manque m'emplissait d'une inguérissable et rongeante nostalgie ? *Notre désir est sans remède*, m'avait déclaré Thérèse par la voix de Maria. Lorsque j'avais entendu ces mots, je les avais instantanément compris et ils s'étaient à jamais gravés en lettres de feu dans ma chair. Un désir qui ne trouvait pas à s'apaiser et qui, au lieu de s'éteindre, s'exacerbait. Une attente toujours déçue. Un ennui dont rien ne pouvait me distraire. À quoi s'ajoutait le tourment de ne pouvoir faire mon deuil d'une certaine voix. D'une certaine femme passionnément aimée que j'avais perdue sans jamais l'avoir possédée.

*

Deux ans avaient passé. M. et Mme Magnin m'avaient écrit pour me proposer de faire une seconde exposition. Bien qu'ayant peu travaillé, j'avais tout de même quelques toiles à leur montrer, et je suis donc revenu dans ma ville. J'étais amer en songeant que j'aurais dû aller à l'hôtel si les Magnin ne m'avaient offert l'hospitalité.

Nous étions en juin, mais il pleuvait et la nuit était déjà tombée. Je longeais une file de voitures garées au bord du trottoir. Une portière s'est ouverte et une femme s'est dressée devant moi.

— Pas possible !

— Maria !

Je l'ai embrassée avec fougue et me le suis tout aussitôt reproché.

Pas plus que moi elle n'avait d'imperméable.

— Monte vite. Nous avons plein de choses à nous dire.

Elle s'étonnait à haute voix de ce hasard qui m'étonnait tout autant qu'elle. En termes de probabilité, il n'y avait pratiquement aucune chance pour qu'une telle rencontre se produise.

— Maria, j'ai lu dans un journal il y a quelques années une histoire qui m'a frappé. L'histoire d'un chien qui avait rejoint son maître en un lieu qui lui était totalement inconnu. Il avait mis un an pour parcourir huit cents kilomètres.

Elle était songeuse.

— Je suis arrivé de Paris il n'y a que quelques heures et je tombe sur toi. Je dois être comme ce chien. J'étais à ta recherche. J'ai marché en aveugle pendant deux ans pour arriver jusqu'à toi.

— Ne plaisante pas... Je suis vraiment heureuse de te revoir.

La pluie tambourinait sur le toit de la voiture et l'eau ruisselait sur les vitres, nous isolant de la rue, du trafic, des passants.

— Comment vas-tu Maria-Thérésa ?

— Mal. Très mal.

— Impossible. Quelqu'un comme toi ne peut aller mal.

— Ne te moque pas. Je suis sérieuse.

Une voiture est venue se garer derrière nous et ses phares ont soudain projeté une violente lumière à l'intérieur de la voiture.

— Tu voudrais qu'on aille dans un café ?

— Non, Maria. Ici on est bien.

— Quel foutu temps.

— Si tu voulais bien me raconter, je suis prêt à t'écouter.

— Bof... Je n'ai rien d'intéressant à dire, sinon que je coule.

— Tu coules ?

— Je traverse une sale période... Les Magnin ne t'en ont pas parlé ?

— Pas encore... Comme je te l'ai dit, je viens d'arriver.

— J'ai pris des sacrés coups de bâton... Sans doute l'ignores-tu, mais il y a environ un an, des élections municipales ont eu lieu. Ici elles ont entraîné un certain chambardement. Plusieurs élus sont passés à la trappe, et le nouveau responsable de la culture nous a retiré la direction de *La Mouette*. Sur ces entrefaites, comme les rats quittent le navire quand il coule, Jean m'a plaquée. Nous avions vécu douze ans ensemble, retapé une maison à la campagne, et mes fils le considéraient comme leur père. Ce salaud s'est tiré avec une petite névrosée qu'il avait invitée chez nous pour jouer dans un Strindberg.

— Pas possible !

— Attends. Ce n'est pas tout. Non seulement je me trouve seule, non seulement j'ai perdu ce travail qui me passionnait, mais il a encore fallu que mon aîné se casse la figure en moto. Il a de multiples fractures et va rester des mois à l'hôpital. En un rien de temps, tout s'est écroulé.

— Jean va peut-être revenir.

— Non. Je ne veux pas de ça. Pourtant il m'est très dur d'apprendre à vivre seule. Je suis complètement laminée. Parfois, en fin de journée, quand j'arrive chez moi, je reste dans ma voiture. Je n'ai pas la force d'en sortir. Ou l'autre jour... Mon second fils devait m'attendre à la gare. Mais à mon arrivée, personne. Il avait simplement oublié. Je suis restée sur le quai peut-être pendant deux heures. Je n'avais pas la force de téléphoner. De même, je n'ose plus entrer dans un magasin ou une librairie...

— Maria, Maria...

— Avant, on venait me solliciter. Mais depuis que j'ai tout perdu, le téléphone ne sonne plus et je ne reçois plus de visite. Tous ceux que je croise et qui se détournent, parce qu'ils n'ont plus besoin de moi... Je croyais en leur amitié, mais en réalité, ils n'avaient en vue que leur intérêt.

— ...

— La nuit, je me réveille en sueur, dévorée d'angoisse. L'autre jour, on m'a proposé un rôle à la télévision, mais je l'ai refusé. Je n'ai qu'envie de pleurer. Dès que quelqu'un m'adresse une parole gentille, j'en suis tellement bouleversée que les larmes me montent aux yeux.

— Si j'avais pu savoir...

— C'est de ma faute. Je vivais dans l'illusion. Je n'avais rien compris. N'être plus de la première jeunesse et n'avoir rien compris, comment cela se peut-il ? La bonne foi, les bons sentiments, la sincérité, ça ne veut rien dire. Ça n'a rien à voir avec les saletés qu'un être porte en lui et que le plus souvent il ignore.

— Tu vois peut-être les choses sous un jour trop noir.

— Ma vie n'est qu'une succession d'échecs. Sur tous les plans. Je ne peux plus rien espérer. Je suis épuisée. Parfois, je voudrais couper les derniers liens qui me retiennent encore. Pour me laisser couler. Pour ne plus souffrir et pouvoir enfin me reposer.

Nous sommes restés un long moment silencieux. La pluie avait redoublé de violence, et je m'en réjouissais. Isolés du monde, nous vivions notre première rencontre.

— Je suis bouleversé par ce que tu viens de m'apprendre. Mais si tu le permets, moi aussi, je veux que tu saches certaines choses...

Alors je lui ai tout raconté. L'émotion que m'avait causée sa voix dans ce petit théâtre de banlieue. Les vers écrits en prison qui s'étaient gravés dans ma mémoire. Notre rencontre à la galerie. Mon décor pour son spectacle. Les répétitions. Les représentations. Mon amour secret. L'impossibilité où j'étais de lui confier ce que je vivais.

En cet instant, les mots me venaient avec aisance, mais parfois, pris par l'émotion, je ne pouvais poursuivre. Alors elle balbutiait d'une voix à peine audible :

— Dis-moi... Dis-moi encore... Tu me fais tant de bien.

Le pire avait été Fiesole. L'impossibilité de m'intéresser à quoi que ce soit. Taraudé en permanence par la brûlure du manque. Un ennui à devenir enragé. Sa venue à Florence. Le furieux espoir que j'avais eu de passer une nuit avec elle. Puis mon retour. Ces deux années de solitude à Paris. Doutant de moi, me posant question sur question au sujet de la peinture, ne sachant ce que j'allais devenir. Mes vains efforts pour l'oublier, elle, Maria.

— Pourquoi ne m'as-tu jamais parlé ?

— Je savais que tu n'aurais pas pu m'entendre.

Elle a délicatement posé sa main sur mon genou.

— C'est vrai... À cette époque, je ne m'intéressais qu'à moi et je devais être assez odieuse. Mais depuis... En quelques mois, j'ai parcouru un sacré bout de chemin. Quasiment au pas de course. La Maria que tu as connue est morte.

— C'est curieux, je l'ai perçu dès les premières secondes. D'emblée j'ai senti que tu avais changé.

— Oui, quel remue-ménage... Ce qui est certain, c'est que maintenant, je suis capable de t'entendre.

J'ai soudain pensé que rien ne me retenait à Paris.

Turbulences

Le matin, lorsque j'arrive en voiture, mon regard se porte sur les hautes et larges lettres peintes en bleu sur le blanc du mur d'enceinte : LABORATOIRE DEVARIEUX — LYON. La vision de ces trois mots ne manque jamais de me procurer une secrète satisfaction.

Chaque jour, je suis à mon bureau dès huit heures. Je prends connaissance des fax arrivés durant la nuit et prépare succinctement les réponses que je dicterai à ma secrétaire.

À neuf heures, les portes s'ouvrent. J'attends que chacun ait gagné son poste et je commence ma tournée. Je me rends d'abord au laboratoire de recherches, puis je passe dans les différents services. Je serre des mains, échange quelques mots avec l'un ou l'autre, donne des instructions, m'enquiers des travaux en cours, puis je regagne mon bureau.

Ce matin-là, un ami m'a téléphoné. Trois

jours plus tard, il devait effectuer une randonnée au Hoggar avec d'autres personnes, mais son père venait de mourir et il lui fallait renoncer à ce voyage. Il me proposait de prendre sa place. Nous étions en octobre et il m'expliqua que c'était la période idéale pour découvrir les impressionnants paysages de cette région. Il y avait quelques années, j'avais prêté à cet ami une assez grosse somme qui lui avait permis de monter une affaire. Il ne m'avait pas encore totalement remboursé, et je savais que si j'acceptais son offre, je lui ferais plaisir. Mais je n'avais aucune envie d'aller traîner mes guêtres au fond du Sahara. Pour ne pas le décevoir trop brutalement, j'ai prétendu que j'avais besoin d'un délai de réflexion.

*

Le dimanche, ma journée n'est pas moins réglée que les autres jours. Le matin, je me rends en voiture chez mes parents pour les conduire à l'église et assister avec eux à la messe. Je ne sais trop si je suis croyant, mais cela ne me préoccupe guère. J'aime me trouver à l'église, écouter des cantiques, respirer l'odeur de l'encens, regarder les vitraux, laisser un peu de calme envahir mon esprit.

C'est le seul moment où je me sens libéré du fardeau dont je suis chargé toute la semaine.

À la sortie de l'église, nous passons à la pâtisserie prendre le gâteau qui nous est réservé, et je les conduis à la maison où ils viennent déjeuner. Là encore c'est une vieille habitude. Depuis des années, ils partagent immanquablement ce repas avec nous. Mais il m'en coûte d'avouer la raison pour laquelle je les invite chaque dimanche. La vérité est que je ne sais quoi dire à ma femme, à mes enfants, et la présence de mes parents m'évite de me trouver en tête-à-tête avec eux. En fait, quand je ne travaille pas, j'ai l'impression de perdre mon temps, et je suis inévitablement de mauvaise humeur.

*

Mon épouse passe son temps à courir les expositions canines, et pendant une bonne partie du repas, elle nous a entretenus de ce que font et ne font pas les deux chiens que nous avons. Ces chiens au poil ras et d'un gris sale, aux pattes incroyablement grêles, à la tête de singe dégénéré, sont à peine plus gros que des rats, et c'est d'ailleurs ainsi que je les nomme, au grand déplaisir de Chantal qui, dès qu'elle est assise, les prend sur elle ou les tient dans ses bras en leur parlant comme s'ils étaient des bébés. Ces bêtes me répugnent. Elles sont agressives, aboient d'une voix suraiguë, ne suscitent en moi qu'irritation, et j'en veux à ma femme de me les imposer.

Avant que nous ayons pris le dessert, mon fils s'est éclipsé pour aller lire dans sa chambre et sa jeune sœur l'a aussitôt imité. Ma mère et ma femme bavardaient, mais entre mon père et moi c'était le silence. Je redoutais les heures d'ennui qui allaient suivre. J'ai repensé soudain à la proposition qui m'avait été faite, et à mon grand étonnement, je me suis entendu dire que j'allais partir au Hoggar pour une randonnée d'une dizaine de jours.

Trois jours plus tard, j'étais à Tamanrasset où j'ai passé ma soirée à visiter le souk.

*

Notre groupe de douze personnes était assez disparate. Trois couples qui se connaissaient, tous membres du Club alpin, avaient déjà effectué de semblables randonnées en différentes parties du globe. À voir les regards qu'ils ont portés sur mes habits flambant neufs, j'ai très vite compris qu'ils se faisaient une piètre idée de moi, et tandis que naissait entre nous une sourde antipathie, j'ai subitement regretté d'être venu là. Mais fort heureusement, il y avait là une jeune femme — environ trente-deux ans, blonde, le regard vif, un serre-tête marine lui barrant le front, l'air à la fois humble et décidé. Elle farfouillait dans un sac d'où elle a retiré trois appareils photo, et d'emblée elle m'a plu. Parmi ces inconnus, en ce lieu inconnu, affublé de vêtements qui me rendaient étranger à moi-même, je n'étais pas à mon aise, et j'ai été effleuré par le désir de prendre le prochain avion. Mais renoncer n'est pas dans mes habitudes, et j'ai décidé de rester. Si je parvenais à gagner la sympathie de cette jeune femme, à faire d'elle une agréable compagne de voyage, j'éviterais que cette randonnée ne soit pour moi une déconvenue.

Nous avons bavardé un long moment sur une petite place, devant l'hôtel, à l'ombre des tamaris. Brigitte réside à Paris. Elle est photographe professionnelle et elle avait choisi de faire cette randonnée pour réaliser un reportage sur le Hoggar.

Nos guides sont arrivés avec les chameaux. Pour je ne sais trop quelle raison que je n'ai pas cherché à élucider, il a été convenu que pendant huit jours nous cheminerions à dos de chameau, et pendant les quatre jours restant, nous poursuivrions l'excursion en 4 × 4.

Les trois couples qui m'avaient tenu à distance sont partis avant nous et j'en ai été soulagé. Nos deux guides parlaient assez mal le français. Leurs chèches ne laissaient voir que leurs yeux, et j'étais contrarié de ce que leurs visages masqués ne me permettent pas de savoir à qui j'avais affaire. Face à cette absence de visages, j'étais devenu quelque peu méfiant, et tandis que je l'aidais à sangler ses sacs sur le chameau, je m'en ouvris discrètement à Brigitte. Son visage s'est fermé et elle s'est gardée de tout commentaire.

*

Nous avons d'abord remonté le lit d'un oued. Assez vite j'ai dû descendre de chameau. Ballotté d'avant en arrière par sa marche, je souffrais curieusement d'une sorte de mal de mer et je n'ai pu le supporter. J'étais de mauvaise humeur. Aucun sentier n'était tracé, et avancer parmi ces pierres et ces roches était particulièrement malaisé. Une fois sur le plateau, le sol était moins caillouteux, mais l'après-midi, nous nous sommes élevés au flanc d'une montagne et ma progression a été aussi lente et difficile que le matin. À la suite de mon chameau, je me demandais comment ces pauvres bêtes peuvent cheminer pendant des jours et des jours sur un pareil sol sans se blesser.

Lors de nos haltes, tous hormis Brigitte s'extasiaient sur l'étrange beauté de ces immenses paysages qui n'étaient que falaises et éboulis. À perte de vue, pas un seul arbre, pas une seule tache de vert. Rien d'autre que le ciel, la lumière et la pierre. Et aussi le silence. Un silence qui étreignait, forçait à parler bas. Je continuais de regretter de m'être embarqué dans cette sotte aventure, et au lieu de jouir de ce qui m'était offert, je ne pensais qu'à mon laboratoire, à mes amis et connaissances, aux coups de téléphone que je donnerais à mon retour. Tant qu'à faire de m'échapper, pourquoi donc n'étais-je pas allé en Ardèche, dans ma bergerie ?

Les paysages que j'avais sous les yeux ne m'intéressaient pas, et le plus souvent, j'observais Brigitte. Concentrée sur son travail, prenant de nombreuses photos, elle ne nous prêtait guère attention, et je pouvais donc l'épier tout à loisir. Avait-elle un compagnon ? Des enfants ? De quoi sa vie était-elle faite ? Quelle avait été son enfance ? Quel était son âge ? Se laisserait-elle approcher ?

Je savais qu'à cette latitude les crépuscules ne durent pas, mais je fus tout de même surpris. Le temps que les guides débâtent et entravent les chameaux, la nuit était là. Recru de fatigue, saisi par le froid, ne pouvant révéler à ces gens qui j'étais, désespérant de gagner leur sympathie, je fus envahi par une lourde, une accablante tristesse, et pendant notre semblant de repas, je ne pus participer à la conversation.

Je me suis mis à l'écart. C'était la première fois que j'allais dormir à la belle étoile. Le silence était véritablement écrasant. Je grelottais, sentais autour de moi cette immensité de pierre, et d'humeur cafardeuse, ne pouvant trouver le sommeil, je faisais retour sur ma vie, songeais à mon enfance, à la mort, étais soudain titillé par des questions que je n'avais jusqu'alors jamais rencontrées. Ma pensée revenait souvent à mon père. Un homme froid et rigide, que j'ai longtemps détesté. Je le détestais en raison des ressemblances que je relevais entre nous. Je le détestais aussi à cause de cette parole qu'un jour de mon adolescence j'avais reçue comme une gifle. En elle-même elle n'avait rien de particulièrement blessant, et des paroles semblables ont dû échapper à bien des pères un soir où leur fils avait bâclé ses devoirs. Mais ce qui avait donné à ces mots un tel pouvoir sur moi, c'était le ton méprisant, haineux, sur lequel ils avaient été prononcés. Je revois encore son regard dur, les lèvres minces s'entrouvrant à peine pour cracher : *Tu ne seras jamais qu'un bon à rien.* Je n'avais pas commis de faute grave. Il n'avait à me reprocher qu'un médiocre bulletin de notes. Mais telle une prophétie sinistre, ces mots n'avaient cessé de retentir en moi et m'ont marqué à jamais. J'avais eu à cœur de prouver qu'il se trompait. À la fin du trimestre, j'étais en tête de la classe. Au fil des semaines, j'avais pris goût à l'effort, aux bonnes notes, aux premières places. Mais pas une seule fois je n'avais eu droit à la moindre félicitation. Alors je travaillais d'autant plus, désireux d'entendre la parole qui eût effacé ces mots contre lesquels je me battais.

Ces mots abhorrés, il est vrai qu'ils m'ont donné l'énergie d'accomplir de brillantes études, puis la volonté de m'affirmer, de toujours aller de l'avant, d'inventer, de créer, de toujours chercher à me dépasser. Indéniablement, c'est à eux, et donc à mon père, que je dois mon incontestable réussite. Depuis que je l'avais compris, mon attitude à son égard avait changé. Certes, je n'aurais pu dire que j'avais pour lui de l'affection, mais du moins étais-je libéré de cette tension que j'avais si souvent ressentie en sa présence. Et puis, il était maintenant d'un certain âge et il avait perdu cette froideur hautaine qu'il affichait en permanence et qui m'emplissait de crainte.

Très tôt ma mère s'était rendu compte de ce qui se passait. Mais il l'écrasait et il ne l'aurait pas laissée intervenir. Elle m'avait cependant beaucoup aidé, d'une manière discrète, me soutenant par ses regards, par des mots brefs qui m'étaient glissés quand nous étions seuls.

*

Le lendemain ni les jours suivants je n'ai pu me défaire de ma tristesse. Une tristesse mêlée d'un sourd ennui, d'une absence d'intérêt pour les autres, ce qu'ils disaient, pour les grandioses paysages que nous traversions. Jamais je n'avais connu pareil état. Jusqu'alors, j'avais toujours été en mesure de tout dominer — êtres, circonstances, et surtout moi-même. Mais pour la première fois, je devais m'avouer que j'étais incapable de surmonter ma mélancolie. L'ermitage du père de Foucauld, la rencontre d'une autre caravane, ce bœuf gravé sur un rocher par un homme de la préhistoire, rien de tout cela ne provoqua en moi la moindre émotion.

Une lourde pluie est tombée pendant un jour et une nuit. Elle a réjoui nos guides et contribué à me rendre encore plus morose.

Le dernier jour, les ampoules dont je souffrais m'ont obligé à faire l'étape à dos de chameau. Après avoir franchi un col, nous avons trouvé dans une vallée une trentaine de nomades. Leurs chameaux et leurs chèvres erraient autour des tentes, cherchant une hypothétique nourriture.

Je suis arrivé là épuisé, nauséeux, en proie à une mauvaise humeur que j'avais peine à cacher. J'aurais voulu rentrer à Tamanrasset, mais ce n'était pas possible. Il me fallait donc continuer. Toutefois, la perspective de repartir en 4 × 4 le lendemain matin m'était un réel soulagement.

*

Je me trouvais à l'arrière du second véhicule, assis entre Brigitte et un guide. Cet homme me plaisait. On le sentait vif, intelligent, et j'aurais aimé voir son visage. À quelques reprises, des questions plus stupides que naïves lui avaient été posées, et j'avais apprécié la subtile ironie de ses réponses.

Nous roulions depuis trois heures et il allait être midi. Dans son français approximatif, s'exprimant autant avec ses mains qu'avec des mots, il nous contait une légende touareg lorsque les deux véhicules durent stopper. Des paroles confuses et des cris se firent entendre. Un homme armé d'un pistolet-mitrailleur surgit et d'un geste nous ordonna de sauter à terre. Comme je n'y mettais aucun empressement et qu'en outre mes jambes étaient coincées entre nos sacs, l'homme s'en prit à moi :

— Dépêche, dépêche. Ou j'te casse la tête... j'te casse la tête.

Sous la menace de leurs armes, les quatre hommes nous obligèrent à marcher devant eux. Les deux chauffeurs et les quatre guides durent eux aussi obtempérer. J'aurais voulu leur arracher leurs maudits chèches pour voir comment ils réagissaient.

Après avoir parcouru quelque cinq cents mètres, nous sommes arrivés dans une sorte de cirque, et là, nous avons dû nous asseoir au pied d'une falaise. Les chauffeurs et les guides ont entamé des pourparlers avec les quatre hommes.

J'étais furieux. Contre ces brigands bien sûr, mais aussi contre moi. En chuchotant, je glissai à Brigitte :

— Qu'avais-je besoin de venir dans ce foutu pays.

— Pas d'affolement. Restons calmes.

— Regardez-les ces salopards. Ils sont bougrement excités.

— Ils ne nous feront rien. Nous sommes trop nombreux.

— Dieu vous entende.

En se cachant, Brigitte a voulu prendre des photos. Mais un des hommes armés l'a vue. Il a bondi sur elle, lui a arraché son appareil et l'a lancé contre un rocher. J'ai craint pour elle et senti que j'étais prêt à la défendre. La situation était confuse. Les hommes paraissaient indécis. Un guide nous a appris qu'ils venaient d'un pays voisin, qu'ils faisaient partie d'un mouvement de résistance et que leurs mobiles étaient politiques. Mais que m'importait et fallait-il les croire ?

Ils sont partis à reculons, nous maintenant sous la menace de leurs armes. Avant de disparaître, l'un d'eux a lâché une rafale et les éclats arrachés au rocher sont tombés en pluie sur nos têtes.

Un long moment s'est passé avant que nous puissions réagir. Le silence était seulement troublé par les sanglots d'une femme.

Nous avons regagné nos véhicules. En réalité, il n'en restait qu'un seul. Ses pneus étaient crevés et tous nos sacs avaient disparu.

Deux guides sont partis chercher du secours, mais on pouvait prévoir qu'il nous faudrait les attendre jusqu'au lendemain avant qu'ils ne soient de retour avec des chameaux.

J'ai pris à l'écart l'organisateur de la randonnée. Le coup n'avait-il pas été monté par nos guides et n'allaient-ils pas partager le butin avec ces quatre charognards ? Ma question l'a indigné. Il connaissait ces guides depuis plusieurs années et se portait garant de ce que leur honnêteté était au-dessus de tout soupçon.

Nous disposions d'un briquet et de deux paquets de kleenex. Nous nous sommes divisés en petits groupes et sommes partis à la recherche de tout ce qui serait susceptible de brûler et de nous réchauffer pendant la nuit.

Notre maigre feu n'a duré guère plus de deux heures et la nuit nous a paru interminable. Nous avions faim et soif et la température était rapidement descendue très au-dessous de zéro. En alternant des allers-retours sur la piste et des pauses dans le refuge du 4 × 4, nous avons cherché à lutter contre le froid.

Je n'ai pas quitté Brigitte. À tour de rôle, nous nous sommes mutuellement frictionné le dos et les épaules. Nous avons parlé et elle m'a fait des confidences. En adoucissant ma mauvaise humeur, en prenant cet imprévu avec détachement, elle m'a aidé plus que je ne l'ai aidée à traverser cette nuit éprouvante. Au petit matin, bien qu'écœuré de fatigue, je me serais presque réjoui d'avoir connu cette mésaventure qui m'avait malgré tout offert des moments inespérés.

Les chameaux sont arrivés en fin de matinée, mais l'eau et la nourriture apportées par les guides n'étaient pas en quantités suffisantes, et nous avons dû attendre le soir d'avoir rejoint un camp pour pouvoir enfin boire à notre soif et manger à notre faim.

*

Je n'aurais su dire en quoi j'avais changé, mais je me rendais compte que l'homme qui allait quitter ce pays n'était pas le même que celui qui y était arrivé. Confusément, je ressentais en moi comme une fêlure. J'étais pourtant sans inquiétude. Je savais qu'une fois réinstallé dans mon bureau, les problèmes dont j'aurais à m'occuper me feraient très vite oublier ce qui s'était passé au cours de cette randonnée.

*

Plusieurs jours m'ont été nécessaires pour que je retrouve mon habituel rythme de travail. Les longues pluies d'automne avaient commencé et ce temps me rendait maussade. De surcroît, sans que je puisse en discerner la cause, j'avais maintenant des insomnies, et parfois, au cours de l'après-midi, je devais lutter pour me maintenir éveillé. Il m'arrivait même de perdre goût au travail, ce qui me laissait incrédule et anxieux.

Je repensais souvent à cet instant au Hoggar où le soleil était apparu au terme de cette étrange nuit dont j'avais du mal à me remettre. Combien délectable s'était révélée cette lumière qui nous avait lentement désengourdis et réchauffés.

Au long de la nuit, l'atmosphère qui régnait à l'intérieur du groupe était devenue tout autre. Les antipathies ayant disparu, les rapports entre nous s'étaient modifiés. Même les membres du Club alpin qui dès le premier jour nous avaient fait sentir que nous n'étions que de vulgaires touristes inexpérimentés, même eux avaient changé d'attitude et fini par accepter de s'intégrer au groupe. En fin de matinée, après l'arrivée des guides et des chameaux, quand nous avions partagé le peu d'eau et de nourriture dont nous disposions, la répartition s'était effectuée dans le meilleur esprit. Nous étions affamés, mais nul n'avait récriminé, nul n'avait cherché à obtenir plus que ce qui lui revenait. La peur ressentie face aux quatre hommes armés, puis l'épreuve de cette nuit qui avait paru ne jamais prendre fin, nous avaient rendus solidaires, et j'avais été sensible à cette amitié présente dans les paroles et les regards qui s'étaient échangés par la suite. Notre mésaventure avait donc eu finalement du bon et je songeais à ce côté imprévisible de la vie qui veut que parfois des circonstances adverses aient des effets qui tournent à notre avantage. Et inversement.

*

Je ne voulais pas me l'avouer, mais je pensais de plus en plus souvent à Brigitte. Il se passait le contraire de ce que j'avais prévu. Je n'avais jamais douté qu'au fur et à mesure que les jours s'écouleraient, les souvenirs que je gardais de cette randonnée s'estomperaient, mais il n'en était rien. Brigitte se faisait en moi de plus en plus présente. Quand elle m'avait confié qu'elle était veuve depuis deux ans et mère d'une fille de quinze ans, immédiatement avait surgi je ne sais quel désir de lui proposer mon aide, de les entourer, de les soustraire aux difficultés de l'existence. Elle m'avait parlé de son métier, indiqué son âge, et j'avais aussitôt calculé que j'avais dix ans de plus qu'elle. Elle travaillait en indépendante dans la publicité, et réalisait parfois pour une agence des reportages en différents pays. Avant d'aller au Hoggar, elle s'était rendue dans une région reculée du Mexique pour y photographier des Indiens. Je ne cessais de revenir à tout cela et cent fois le jour son visage apparaissait en moi, me détournant de mon travail pendant de longues minutes. Brigitte juchée sur son chameau et me souriant. Brigitte penchant la tête quand elle observait un paysage qu'elle se préparait à photographier. Brigitte dénouant d'un mot les petites tensions qui surgissaient à l'intérieur du groupe. Et surtout Brigitte et sa blondeur, son regard doux et attentif, le bleu-gris de ses yeux avivé par ce bandeau qui lui cernait le front. Tout en m'efforçant de les chasser, je me complaisais à ces images, cherchais à revivre certains instants, m'efforçais de retrouver le son de sa voix, les paroles qu'elle avait dites et dont je voulais conserver le souvenir. Une question me taraudait : vivait-elle seule avec sa fille ? Lorsqu'elle m'avait laissé entrapercevoir qui elle était, j'avais tenté d'en savoir plus, mais chaque fois elle s'était dérobée.

*

Parfois, au cours d'une conversation ou d'une réunion de travail, ma pensée s'échappait, et ce qui me tirait de ma rêverie, c'était le silence succédant à la question qui m'avait été posée et que je n'avais pas entendue. Je revois ces regards interrogateurs qui me scrutaient. Des regards perplexes qui se détournaient, gênés de ne pouvoir dissimuler que mes absences faisaient se lever bien des questions. Un jour, me voyant plus triste qu'à l'ordinaire, ma secrétaire s'est risquée à me demander, non sans précautions, si j'avais des ennuis de santé. La réponse que j'aurais pu lui donner, c'est deux jours plus tard qu'elle m'est clairement apparue.

Un vendredi de novembre, en fin d'après-midi. Le laboratoire vient de se vider de ses occupants. Un seul atelier reste éclairé, celui où va intervenir l'équipe de nettoyage. Je suis debout près de la baie et je regarde tomber la pluie. Les trois marronniers ont déjà perdu leurs feuilles, et à la lueur des lampes disposées aux angles de la pelouse, je vois briller le noir des branches dont les plus hautes se perdent dans la nuit. Je n'ai jamais aimé les week-ends, et je suis littéralement accablé à l'idée des deux jours qui m'attendent. Deux jours sans revenir au laboratoire où, malgré tout, le travail m'est une aide. Le silence m'apaise, calme l'agitation de ma pensée en même temps que la souffrance se fait plus centrale, plus aiguë. Arrivé en ce point, je ne peux plus me le cacher. J'aime cette femme. J'aime cette femme et vivre loin d'elle est un tourment qui ne me laisse aucun répit.

*

Je suis resté plusieurs jours sans savoir quelle réponse donner à cette révélation. Après de longues tergiversations, j'ai décidé de lui écrire. Lui écrire non pour lui confier sans ambages ce qui avait pris possession de moi, mais pour simplement lui proposer d'engager une correspondance, avec l'espoir qu'assez vite je me sentirais autorisé à lui dire ouvertement ce qu'il en était. Certes, j'aurais voulu brûler les étapes, mais je pressentais qu'à vouloir précipiter les choses, je serais allé vers un échec. Il fallait que j'avance masqué.

Le soir du jour où j'ai pris cette décision, je suis resté à mon bureau. J'ai éprouvé le besoin d'attendre que tout le monde soit parti, et je me suis préparé à écrire cette première lettre. Mais ce soir-là, je n'ai fait que rêver à elle, évoquer son visage, céder à des fantasmes, et le temps a passé sans que je puisse m'arracher à l'état dans lequel j'étais englué. Le lendemain, le surlendemain, j'ai renouvelé ma tentative. Mais sans plus de succès. J'écrivais quelques mots, une phrase, deux phrases, mais je ne pouvais poursuivre. Je ne savais que penser de cette impossibilité où j'étais de lui dire en toute simplicité mon souhait de correspondre avec elle.

Cette première missive, j'ai voulu l'écrire à la maison. Mais là encore, toutes mes tentatives se sont soldées par des échecs. J'attendais que mon épouse et mes enfants soient allés se coucher, et soir après soir, isolé dans mon bureau, je m'installais devant une feuille blanche. Mais je ne réussissais qu'à m'arracher quelques phrases sèches, contraintes, des phrases dont je pouvais prévoir qu'elles seraient impuissantes à persuader Brigitte de me répondre favorablement. Au laboratoire, la conscience de mes responsabilités et de mes obligations avait entravé ma main. À nouveau, ici, il se passait le même phénomène, mais pour d'autres raisons. Je suis un homme de rigueur et de devoir, et tenter d'écrire à Brigitte alors que Chantal, Marc et Jacqueline dormaient au-dessus de moi, me donnait le sentiment de les trahir, et ce sentiment m'écrasait. En luttant contre lui, je parvenais à consigner les phrases hésitantes qui se balbutiaient dans ma tête, mais développer les idées qu'elles contenaient s'avérait impossible. Quand arrivait minuit, je rangeais ces lettres avortées dans mon attaché-case, et le lendemain, les faisais disparaître dans notre broyeur de documents.

*

Cette semaine-ci, toutes mes soirées étaient prises : dîners d'affaires, Rotary, invitations diverses...

J'ai tout annulé, et le premier soir, en quittant le laboratoire, je me suis rendu dans un café pour élaborer le brouillon de cette lettre si délicate à écrire. Il y avait bien longtemps que je n'avais mis les pieds dans un tel établissement, et je n'ai pas pris garde, en m'y aventurant, que je pénétrais en un lieu où ne régnait aucun silence. Secouée par des jeunes peu discrets, la machine à sous crépitait, le juke-box hurlait, et au bar des hommes parlaient et riaient bruyamment. Je m'étais mis dans le coin le plus reculé, tournant le dos à toute cette agitation, mais il y avait vraiment trop de bruit et je ne pouvais me concentrer. En début de soirée, j'ai pu bénéficier d'un peu de silence, mais la salle n'était pas chauffée, et j'ai été bientôt d'une humeur massacrante. Tout était détestable dans ce bar et les quelques pauvres lignes que j'avais griffonnées attestaient que j'avais échoué une nouvelle fois. Mon sandwich est resté sur son assiette. Avant de prendre la porte, je n'ai pu m'empêcher de faire une remarque désobligeante au serveur.

Le lendemain, j'ai retenu une table au Cintra, et le soir, je m'y suis installé. Tout en dégustant un bon repas, je n'ai cessé d'agencer des phrases dans ma tête. Mais dès qu'elles furent couchées sur le papier, il m'est apparu qu'elles ne convenaient pas. J'ai insisté. Chaque fois les mêmes mots revenaient sous ma plume. Je devais l'admettre : j'étais incapable d'écrire cette lettre qu'il me fallait absolument lui adresser.

*

Elle ne m'avait pas laissé son numéro de téléphone, mais peut-être m'aurait-il été possible de l'obtenir par son agence. Toutefois, je devais écarter cette idée et ne pas songer à lui téléphoner. Ce que j'avais à lui apprendre était trop grave pour être exprimé oralement, sans un long préambule et sans maintes précautions. Et puis, si j'avais la malchance de l'appeler à un moment peu indiqué, elle ne pourrait qu'éluder ou m'éconduire, et je ne voulais pas brûler inconsidérément mes vaisseaux.

Un matin, j'ai failli m'ouvrir de mon problème à ma secrétaire. Discrète, dévouée, plus âgée que moi, elle est capable de comprendre beaucoup de choses, et je savais qu'elle n'aurait pas refusé de me venir en aide. Mais l'opération à mener était délicate. Ce qui m'a retenu de lui révéler mon double secret, ce fut moins du respect humain que ma crainte de voir se ternir l'admiration qu'elle me porte.

*

Monique, la responsable du comité d'entreprise, ne mérite que des éloges. Généreuse de son temps, ne comptant jamais sa peine, elle organise des sorties, monte des expositions de photos, de peinture, invite des personnes connues à parler d'un sujet de leur choix, est toujours à la recherche d'idées nouvelles, et quand je suis libre, je ne manque jamais de répondre à ses invitations. C'est pour moi une manière d'appuyer ses initiatives, de lui marquer de la reconnaissance pour ce qu'elle accomplit, mais c'est aussi un moyen de contrôler discrètement ce qui se passe à l'intérieur de nos murs. Lorsqu'elle m'a appris qu'une certaine Michèle Revermont, écrivain public, allait animer un atelier d'écriture pendant trois mois, à raison d'une séance par semaine, je me suis fait expliquer en quoi cela consisterait, et je n'ai pas été long à me laisser convaincre qu'il me fallait être présent à la première de ces séances.

*

Un groupe d'hommes et de femmes était là et j'ai pris place au dernier rang. En voyant cette femme qui s'apprêtait à nous parler, je me suis rendu compte que j'étais prévenu contre elle, qu'il m'était impossible de la prendre au sérieux. Je n'ai jamais eu l'occasion de fréquenter des comédiens, des peintres, des écrivains, mais je dois reconnaître que j'entretiens à l'égard de ce qu'on peut appeler d'une manière générale les artistes, un préjugé dont je n'ai jamais tellement cherché à me défaire. Je vois mal ce que ces gens apportent à la société, et pour cette raison, je ne leur voue pas grande estime.

J'observais cette femme au visage agréable, aux formes généreuses, à la voix bien timbrée, qui parlait avec aisance. Elle posait tour à tour sur chacun de nous un regard vif et tranquille, et l'impression de plénitude et de maturité qui se dégageait d'elle fit que ma prévention disparut et que je me mis à l'écouter avec une réelle attention.

— Dans mon échoppe, je suis à la disposition des personnes qui viennent me demander de rédiger la lettre que pour une raison ou une autre elles ne peuvent écrire. Elles ne peuvent écrire parce qu'elles ont d'énormes blocages, et ces blocages ont une double origine. D'une manière générale, bien des êtres sont ignorants de ce qui se trame à l'intérieur d'eux-mêmes. D'autre part, devant une feuille blanche, ils sont complètement démunis. La feuille blanche est associée à toute une série d'échecs vécus au cours de l'enfance, et l'écriture est pour eux un domaine qu'ils refusent catégoriquement. Mais ne croyez pas que je ne reçois que des illettrés, des hommes qui cherchent du travail ou sortent de prison. Les gens qui recourent à mes services appartiennent à toutes les classes sociales et ont parfois un niveau intellectuel élevé. Cela peut surprendre, mais peut-être avez-vous déjà remarqué qu'écrire une lettre d'affaires et écrire une lettre dans laquelle on parle de soi, sont deux choses fort différentes. Nombreux sont ceux qui restent la plume en suspens quand il leur faut confier à autrui un peu de leur vie intime.

Sur la table, devant elle, était disposé tout un matériel : des plumes d'oie et de paon, des porte-plumes, des encriers contenant des encres de différentes couleurs, des feuilles de beau papier aux teintes pâles et aux grains divers, le petit cube de cire brune qui servirait à cacheter les enveloppes...

— ... je me plais aussi à faire naître l'écrit là où on a perdu l'habitude de le trouver. En m'employant à faire tomber des peurs, je cherche à provoquer un déclic. J'interviens pendant des séminaires, des stages de réinsertion, dans des écoles, des prisons, des hôpitaux psychiatriques...

— Et vous parvenez à les faire écrire ?

— Bien sûr. L'autre jour, un homme dont on n'avait pas entendu la voix depuis vingt ans... Il a écrit deux pages et il s'est mis à parler. Écrire, c'est se libérer, et je vous assure que lorsqu'un être parvient tout à la fois à se risquer en lui-même et à se délivrer quelque peu de ce qui l'oppresse, nous vivons au cours de ces séances des minutes bouleversantes. D'ailleurs peut-être en ferez-vous vous-même l'expérience. Je sais bien que tous ici vous avez effectué de longues et souvent de brillantes études. Mais peut-être certains d'entre vous, accaparés par leur travail et prisonniers de leur spécialisation, se sont-ils éloignés d'eux-mêmes, peut-être se sont-ils fermés à leur sensibilité et à leurs émotions. Peut-être même est-il arrivé à la fin qu'ils n'aient plus accès à leur vie intérieure. Si cela était, il se pourrait alors qu'ils fassent partie de la cohorte de ceux que j'appelle « les empêchés de l'écriture »...

En me levant brusquement, j'ai renversé ma chaise. Les regards se sont tournés vers moi. De la main, j'ai indiqué que tout allait bien et je me suis hâté de quitter la pièce.

*

Je m'y suis rendu comme en un mauvais lieu, jetant des coups d'œil dans la rue pour m'assurer qu'aucune de mes connaissances ne me verrait franchir cette porte. J'avais négligé de prendre rendez-vous, et dans cette petite salle d'attente, deux hommes étaient là. Un Maghrébin au regard qui se dérobait et au bonnet de laine enfoncé jusqu'aux sourcils. Un homme d'une trentaine d'années au visage pas rasé et aux vêtements avachis. Je suis resté debout. Sur un rayonnage, soigneusement alignés, de vieux dictionnaires et des livres à la couverture défraîchie. Sur les murs, une affiche annonçant une exposition de peinture, et plusieurs feuilles où figuraient des mots écrits par des mains malhabiles. Deux petits textes se trouvaient à hauteur de mon épaule.

Bonjour le beau temps
Salus les copains
Vive les nanas

Seul contre tous
Je ne peux pas
Seul contre elle
n'ont plus

Après avoir attendu un moment, je me suis éclipsé. Mais le lendemain, ayant pris rendez-vous, j'étais à nouveau là. Une fois assis en face d'elle, je l'ai sentie intriguée, ce qui n'était pas pour atténuer ma gêne.

Ne pouvant en venir directement au fait, je lui ai posé différentes questions sur les gens qui frappaient à sa porte et sur le genre de services qu'on lui demandait.

— J'ai passé mon après-midi à rédiger un texte à l'intention d'un maire qui aura à prononcer un discours devant un sénateur. Et ce soir, je composerai une lettre pour une ouvrière qui n'ose plus écrire à son fils depuis qu'il est professeur. Elle vient me voir tous les quinze jours.

Je l'ai aussitôt interrompue et j'ai obtenu sa promesse qu'elle garderait le secret le plus absolu sur ma visite.

Les minutes s'égrenaient. Elle a perçu mon embarras et pris l'initiative de l'échange. Après quelques détours, j'ai pu enfin lui expliquer ce dont il me coûtait tant de faire l'aveu.

Le lendemain, elle m'a remis trois précieux feuillets. La lettre qu'elle m'avait préparée m'a donné entière satisfaction. Revenu à mon bureau, je l'ai aussitôt recopiée, puis postée, et à partir de cet instant, l'attente a commencé.

*

Les premiers jours, je me suis abruti de travail. Mais bientôt, je n'ai plus pu user de ce leurre. Ma pensée à tout instant était tournée vers Brigitte, et les minutes, les heures, les journées se sont démesurément distendues.

Le jour est venu où j'ai pris en aversion tout ce qui m'empêchait de penser à elle. J'en suis même arrivé à fuir mon bureau, à aller marcher au hasard des rues, à passer des heures au fond d'un café. Devant un verre que je ne touchais pas, je me délectais douloureusement à retrouver en moi son visage, son regard, sa voix, ses sourires, l'émouvante blondeur de ses cheveux. Mais trop sollicités, ces pauvres souvenirs finissaient par se décolorer, par perdre de leur vitalité, de leur charme, et à nouveau j'étais repris par mes tourments. Moi qui en affaires ne redoutais pas d'affronter les problèmes, certain que je saurais trouver la solution qui convenait, je découvrais avec incrédulité que je ne pouvais agir sur ce qui m'importait au plus haut point, et cette impuissance m'était si peu familière que j'en étais tout déconcerté.

À la maison, je parlais encore moins qu'à l'ordinaire. Certes, je m'enquérais auprès des enfants de leurs études, les incitais à travailler avec assiduité, ne manquais aucune occasion de les persuader qu'ils construisaient leur avenir, mais en dehors de ces instants, j'étais le plus souvent silencieux, enfoui dans mes pensées.

Lors du déjeuner dominical, face à mes parents, j'étais prisonnier d'un tel ennui que de tout le repas je n'ai pas lâché un mot. Dès que je posais ma fourchette ou mon couteau, ma main se mettait à rageusement pianoter sur la nappe, et à deux reprises j'ai croisé le regard agacé de mon père. Je savais que mon mutisme lui paraissait impoli, et lui qui est si particulièrement soucieux des convenances, il ne pouvait le tolérer. *Tu ne seras jamais qu'un bon à rien.* L'effort que j'ai dû faire pour ne rien laisser voir de ce qui m'agitait, m'a davantage verrouillé en moi-même, et dès que j'eus fini de boire mon café, je suis sorti sans leur adresser un mot.

Un dimanche de novembre. Le parc sous la pluie et les feuilles mortes jonchant les allées. La pensée de Brigitte me harcelait et toujours les mêmes harassantes questions tournaient dans ma tête.

J'eus un sursaut. Je comprenais que mon besoin d'elle et mon imagination m'avaient égaré, et j'en vins sincèrement à souhaiter qu'elle ne me réponde pas. Il importait que je demeure fidèle à moi-même, à mon passé, à l'image qu'avaient de moi mes employés, et je me devais de renoncer à cette histoire parfaitement incongrue. Mais à peine en étais-je arrivé à cette conclusion, que le violent désir de la revoir se réveillait et balayait dans la seconde mes belles résolutions.

Assis sur un banc près des cèdres, je ne pensais à rien. En un état de suprême indifférence à l'égard de ce que me réservait l'avenir, je me contentais de regarder tomber la lourde pluie d'automne. Trempé, gagné par le froid, l'eau ruisselant sur ma tête, mon visage, dans mon cou, mon dos, j'avais l'impression qu'en moi aussi tout coulait. Tout semblait en effet s'effondrer, se défaire, être emporté par une débâcle contre laquelle je ne pouvais rien.

*

J'aurais pu parler à Michèle Revermont quand elle est venue au laboratoire pour son atelier d'écriture, mais j'ai préféré me rendre à son échoppe le lendemain, en fin d'après-midi. Brigitte, ce doux prénom, j'éprouvais le désir de m'entendre le prononcer à haute voix en présence de quelqu'un. Je voulais aussi que cette femme m'aide à ne pas perdre espoir.

— Soyez patient. Il n'y a jamais que dix jours.

— Notre lettre l'a laissée indifférente.

— Pas du tout... Pas du tout... Attendez encore un peu.

— Je n'y crois pas.

— Elle est peut-être en reportage.

— Ah oui ? C'est curieux. Je n'avais même pas envisagé cette hypothèse.

Deux jours plus tard, sur le bureau de la secrétaire, dans la masse du courrier, j'ai repéré sur une grande enveloppe l'écriture dont je possédais un échantillon dans mon agenda, là où Brigitte avait noté son adresse avant que nous nous séparions à l'aéroport. Au verso d'un portrait en noir et blanc d'une jeune Indienne, figuraient ces lignes écrites d'une belle écriture ample, toute en rondeurs :

Cher Monsieur

La vie bousculée que je mène ici ne m'a pas laissé le loisir de vous répondre plus tôt. Veuillez m'en excuser.

Vous voudriez correspondre avec moi, m'apprenez-vous. Votre désir me touche, mais il faut que vous sachiez que l'écriture n'est pas mon fort, que je suis du genre débordée et que je m'absente souvent. Par ailleurs — je me dois d'être franche — je sens une telle distance entre vous et moi, que je vois mal ce qu'à la longue nous trouverions à nous dire. Mais ne soyez pas peiné par ce que je vous écris là. Ne pourra s'effacer le souvenir de cette nuit qui nous a tous profondément marqués et au cours de laquelle nous avons été proches.

Brigitte

Quand j'en aurai le temps, je développerai et vous enverrai quelques photos.

Évidemment, j'espérais mieux. Mais du moins ce mot ne m'opposait-il pas une fin de non-recevoir. À peine avais-je achevé de le lire que j'entrepris d'y répondre. J'allais convaincre Brigitte que cette distance entre nous n'était nullement un obstacle, et que j'étais prêt à faire loyalement du chemin en sa direction. Mais le texte auquel j'ai abouti était confus, maladroit, par trop inférieur à la lettre qu'elle avait précédemment reçue. Je résolus de recourir une seconde fois à Michèle Revermont.

*

Au début de notre entretien, je lui ai demandé ce qu'elle pensait de mon projet de montrer les lignes écrites par Brigitte à un graphologue.

— Oui, je vois... Je sais qu'au laboratoire, vous n'embauchez jamais quelqu'un sans avoir fait analyser son écriture. Il est certain qu'une telle analyse vous donnerait des indications assez précises sur sa personnalité. Mais je trouve que cette idée a quelque chose de choquant.

— Vraiment ?

— Je me permets de vous le dire... Vous souhaitez que cette femme devienne votre amie ? Alors ne vous comportez pas en homme d'affaires dans les rapports que vous aurez avec elle.

Le lendemain, quand je suis venu chercher la lettre, pour m'y associer plus étroitement, Michèle m'a demandé de lui en dicter la conclusion. J'étais pris au dépourvu. En m'aidant de ce qu'elle m'a suggéré et sans me préoccuper de savoir si les mots que j'allais trouver conviendraient, s'ils seraient en accord avec ce qui les précéderait, j'ai fini par dire :

— Depuis ce voyage, j'ai beaucoup changé. Je le constate lorsque je suis à mon bureau. Je ne parviens plus à me concentrer, à m'intéresser à ce que je fais. Moi qui avais la religion du travail... Je ne me reconnais plus.

*

Quelques jours plus tard, j'ai reçu un carton d'invitation. Brigitte exposait pendant deux semaines ses photos du Hoggar à Paris, dans une galerie du IVe arrondissement.

J'ai bousculé mon emploi du temps, et le soir du vernissage, j'ai pu me glisser parmi les amis, collègues et connaissances de Brigitte venus découvrir son reportage. J'ai feint de m'intéresser aux photos, mais en réalité, je n'avais d'yeux que pour elle. Des gens ne cessaient d'arriver et elle était occupée à les recevoir. Embrassades, poignées de mains, sourires, propos de circonstance. Je devais me déplacer car à tout instant elle échappait à ma vue. Elle ne portait pas son bandeau, mais je la trouvais encore plus attirante. Avec quelle avidité mes yeux s'emparaient de ses yeux, de ses lèvres, de ses seins drus que moulait le fin tissu de son chemisier. Avec quelle faim de toute sa personne j'enfouissais en moi, pour les garder, les différentes expressions de son regard et de son visage. Mais l'intense plaisir que j'y prenais ne faisait qu'aviver le dépit que je ressentais à savoir que je ne pourrais parler tout à loisir avec elle. Alors qu'elle continuait d'accueillir ses invités, j'étais frappé par son calme, sa simplicité, sa gravité. Une gravité sereine qui ajoutait à la qualité de sa présence.

J'avais été présenté à la directrice de la galerie. Je me tenais à l'affût, et lorsque je vis qu'elle avait quelques secondes de répit, j'engageai la conversation avec elle. Pour en venir très vite à lui demander si les photos exposées étaient à vendre. Effectivement, il était possible de les acquérir.

— Alors je prends l'ensemble. Combien en voulez-vous ?

— Mais... je ne sais vraiment pas. Il faudrait que j'en parle à Brigitte.

— Passons d'abord dans votre bureau. Je vais vous signer un chèque. Et s'il ne suffit pas, je vous verserai un complément.

— Vous êtes bien pressé. Nous verrons cela dans un moment.

— Je voudrais pouvoir disposer de ces photos dès la fin de l'exposition.

— Aucun problème. Elles seront à vous dans une quinzaine de jours.

Mise au courant, Brigitte est venue me dire sa surprise et me remercier. Elle m'a présenté ses excuses pour n'avoir pas répondu à ma seconde lettre. Elle avait effectué elle-même les tirages de ses photos et la préparation de cette exposition lui avait pris beaucoup de temps.

Nous nous tenions un peu à l'écart, dans un angle de la galerie, et à cause du brouhaha, je devais lui parler à l'oreille. J'ai remarqué alors une adolescente blonde qui me dévisageait sans aménité. J'ai su aussitôt qu'elle était la fille de Brigitte. Celle-ci l'a aperçue, lui a fait signe d'approcher, mais elle a haussé les épaules, et elle s'est éloignée, se faufilant entre les groupes.

Alors que la soirée était bien avancée, nous nous sommes retrouvés une quinzaine dans un restaurant en sous-sol, sous une voûte. Au début, j'ai perçu que ma présence faisait peser une certaine gêne. Mais après quelques instants, les langues se sont déliées, les plaisanteries ont commencé à fuser, et il s'est créé une bonne atmosphère d'agréable cordialité.

J'étais à la droite de Brigitte, mais je n'ai pas tellement pu parler avec elle qui était le centre d'intérêt et devait répondre à des questions, s'entretenir avec l'un et l'autre. J'étais si près d'elle que je n'osais la regarder, mais je humais son parfum et captais la moindre de ses paroles.

À la sortie du restaurant, c'est avec mélancolie que je l'ai vue s'éloigner dans la nuit avec sa fille qui la tenait par la taille.

Il me restait à aller prendre ma voiture pour gagner l'hôtel où j'ai l'habitude de descendre. Je ne connaissais pas ce quartier, et j'ai erré un long moment avant de retrouver la place des Vosges. Mais là, une fort désagréable surprise m'attendait. Ma voiture avait disparu.

Je suis parti à la recherche d'un taxi. J'étais mécontent de moi. Je n'avais rien dit à Brigitte de ses photos. J'en aurais d'ailleurs été bien en peine, car je ne les avais pas regardées. De surcroît, au cours de la soirée, avec ma chemise blanche, ma cravate sombre, mon costume trois-pièces, et aux côtés de ces personnes affranchies de bien des contraintes, je m'étais senti constamment décalé. J'allais désormais renoncer à mes lunettes d'écaille et me donner une autre apparence, plus jeune, voire sportive. Ce serait le premier pas que je ferais pour réduire cette distance qui me séparait d'elle.

*

De retour à Lyon, j'ai invité Monique à venir dans mon bureau. J'avais un service à lui demander. Il fallait qu'elle trouve une galerie qui accepterait de recevoir une exposition de photos sur le Hoggar. De très belles photos qui avaient été prises par une amie au cours de cette randonnée que j'avais faite dans cette région, fin octobre. Mais je voulais que cette exposition ait lieu avant Noël. Pour que le directeur de cette galerie consente à repousser une exposition, il devait savoir que j'étais prêt à débourser la somme qu'il exigerait.

*

J'ai rendu visite à Michèle Revermont. Je tenais à lui raconter l'exposition de Brigitte et lui annoncer qu'elle pourrait sans doute voir prochainement ces remarquables photos.

Les jours suivants, je suis retourné à son échoppe à plusieurs reprises.

J'avais de plus en plus d'estime pour cette femme, et j'aimais bavarder avec elle, l'entendre me parler des gens qui la sollicitaient. Elle m'apprenait souvent des choses qui ne laissaient pas de m'étonner. J'avais de la société une vision par le haut. Elle, elle la voyait par le bas.

Un soir, je l'ai invitée à dîner, et j'ai passé avec elle trois heures au cours desquelles nous nous sommes dit bien des choses.

— J'aimerais... j'aimerais découvrir ce qu'est ce monde de la photographie... J'avais pensé que vous pourriez peut-être m'indiquer le titre de quelques ouvrages.

— C'est un domaine que je ne connais guère.

— Moi, je n'ai pas le temps de chercher... Vous me rendriez grand service.

— Je vais me renseigner.

— Depuis que j'ai achevé mes études, je n'ai pas lu un seul livre de littérature et je ne suis allé que trois ou quatre fois au cinéma... Et maintenant... Vous pourriez peut-être me conseiller. Selon vous, que pourrais-je lire ?

Je m'intéressais à elle, à ce qu'elle faisait, aux gens qui venaient la voir, et je lui posais toutes sortes de questions.

— Aujourd'hui, j'ai reçu une secrétaire de

direction. Mais le plus souvent, je reçois des travailleurs immigrés, des laissés-pour-compte, des gens seuls, qui sont en perdition et ne savent vers qui se tourner. Je vois aussi des hommes qui sortent de prison. Ils n'ont rien, ne savent où aller... Alors je leur donne des idées, les dirige vers telle ou telle institution, leur rédige une demande d'emploi... Mais surtout, je les écoute.

— Ma parole, vous êtes une vraie sainte.

— Pour le moins...

J'avais réglé la note et le serveur a posé sur la nappe une soucoupe, avec quelques billets.

— Au fait, c'est un peu délicat... Mais sur le plan de l'argent, vous arrivez à vous en sortir ?

— Eh bien... il est vrai que ce n'est pas très brillant. Que voulez-vous, quand un homme se trouve jeté sur le pavé après plusieurs années de prison et qu'il passe trois heures à me parler, je ne peux ni le mettre à la porte, ni lui demander de me verser quoi que ce soit.

— Pourquoi faites-vous ce métier s'il ne vous rapporte rien ?

— Pourquoi ?

— Oui, j'ai du mal à vous comprendre.

— Ce que je reçois est d'une valeur inestimable. Et puis j'aime donner. J'aime m'occuper des autres. Je n'ai vraiment pas à me forcer. Ça se fait spontanément.

*

Les démarches de Monique avaient abouti. La galerie *Pont Aven* acceptait de nous ouvrir ses portes.

Monique s'est alors rendue à Paris pour voir l'exposition de Brigitte. À son retour, elle m'a affirmé que nous réaliserions quelque chose de mieux. Je l'ai invitée à ne pas regarder à la dépense et lui ai trouvé deux personnes pour la seconder. Elle a acheté des cadres, des vitres antireflets, et a monté cette exposition avec le plus grand soin. Elle a aussi fait imprimer un beau carton d'invitation. De grand format, il comportait sur sa partie gauche une des photos les plus remarquables de Brigitte : un guide près de son chameau, avec en arrière-plan un grandiose paysage de pierre fermé à l'horizon par de hautes falaises d'un gris noir. Ce carton, elle l'a fait tirer à cinq cents exemplaires, et l'a adressé à des journalistes, à diverses personnalités, à nombre de mes connaissances ainsi qu'à tout le personnel du laboratoire. Il fallait que cette exposition marque une date et qu'on en parle.

*

Une amitié s'ébauchait entre Michèle et moi, et chaque fois que le désir m'en venait, je n'hésitais plus à me rendre chez elle. Elle savait écouter, et pendant de longs moments, dans le silence de sa petite échoppe, je l'entretenais de Brigitte. Ce qu'elle me disait en retour me délivrait de mes tensions et m'aidait à mettre de l'ordre dans ce que je vivais. La veille du vernissage, j'ai éprouvé le besoin de la voir. Les instants que je passerais en sa compagnie raccourciraient d'autant les heures qui me séparaient de l'événement.

Nous avons bien parlé et je n'ai pu m'empêcher de lui confier ce que j'escomptais de la venue de Brigitte. J'allais lui faire visiter mon laboratoire. Elle découvrirait ce qu'à force d'invention, de travail, d'acharnement, j'avais créé. Elle me verrait dans mon rôle de chef d'entreprise, mesurerait ce que je représente, et elle ne pourrait manquer d'en être impressionnée. Dès lors, bien des choses pour moi s'en trouveraient facilitées.

Quelques jours plus tôt, j'étais passé à la Tour Rose. Je m'y rends assez souvent, car c'est là que je loge et reçois à déjeuner ou dîner mes invités de marque. J'avais retenu l'appartement où Brigitte passerait la nuit, et aussi une table pour ce dîner en tête-à-tête dont j'attendais beaucoup.

Je venais de quitter Michèle et je traversais la rue. Je n'ai pu ni me retirer ni prévenir le choc. En même temps qu'hurlaient les pneus, la voiture était sur moi et me percutait. Quand j'ai retrouvé mes esprits, j'étais étendu à même le sol dans l'échoppe de Michèle. J'avais du sang sur le visage et ma jambe droite me faisait terriblement souffrir. J'entendais parler d'hôpital, je refusais qu'on m'y conduise, mais j'étais incapable d'articuler le moindre mot. Un moment plus tard, accompagné par Michèle, j'étais admis au pavillon des entrées.

*

Ma perte de connaissance avait duré une quinzaine de minutes et le médecin voulait me garder deux jours en observation. Il était hors de question que je n'assiste pas à ce vernissage. Aussi ai-je signé une décharge et on m'a libéré.

Il m'en a coûté de ne pouvoir aller chercher Brigitte à la gare. Du moins étais-je à la galerie pour la recevoir. Venus en grand nombre, les invités qui l'attendaient parlaient de mon accident, s'entretenaient de l'approche de Noël, des vacances qu'ils allaient prendre, et je notais avec une sourde irritation que rares étaient ceux qui s'intéressaient aux photos.

Je me déplaçais avec difficulté en m'appuyant sur une canne, le pansement que j'avais sur la tête ne pouvait passer inaperçu, et pendant un trop long moment, il m'a fallu endurer les paroles de circonstance que chacun croyait devoir m'adresser.

Quand Brigitte s'est trouvée devant moi, elle a eu l'air peiné de voir que j'avais été sérieusement blessé, et avant même de m'adresser la parole, avec une touchante spontanéité, elle m'a embrassé. La gravité de son regard m'a ému, mais j'ai craint qu'on ne remarque le trouble qui m'avait envahi, et les traits de mon visage se sont durcis. J'aurais pourtant voulu lui dire pourquoi je n'avais pas pris garde à la circulation en traversant la rue, et qu'il m'était doux de penser que cet accident instaurait entre nous un nouveau rapport. À cause d'elle j'avais perdu du sang. À cause d'elle je m'étais évanoui. À cause d'elle je souffrais. Le sentiment que je lui portais s'affichait maintenant sur mon corps, et j'escomptais que lorsque tout cela lui serait révélé, j'en tirerais un certain avantage.

Redoutant que des rumeurs déplaisantes ne naissent au sujet de cette exposition, j'avais insisté auprès de Monique pour qu'en prononçant des mots de bienvenue, elle souligne l'intention qui nous avait animés. Il fallait qu'on sache qu'en donnant à voir ce reportage, nous n'avions eu d'autre préoccupation que de faire partager au personnel du laboratoire et à quelques amis choisis le profond plaisir que j'avais pris à effectuer l'automne dernier cette randonnée au Hoggar.

Tandis que Monique, un micro à la main, imposait silence à l'assistance, je ne pouvais détacher mon regard de Brigitte. Debout aux côtés de Monique, la tête légèrement inclinée, elle tenait ses mains croisées devant elle et écoutait sagement le speech qu'improvisait Monique pour la présenter.

« ... l'auteur de ces photographies réalise habituellement des photos de mode. Vous ne connaissez sans doute pas son nom, et pourtant, il est certain que vous avez souvent vu des photos d'elle dans des magazines. Parfois, elle éprouve le besoin de s'échapper des studios, d'oublier la vie parisienne, et alors elle entreprend de visiter un pays ou une région du globe qu'elle ne connaît pas. Son dernier voyage l'a conduite au Hoggar et... »

Je n'entendais rien, dévoré que j'étais par le désir d'inscrire à jamais dans ma mémoire son visage, ses cheveux, ses yeux, son cou, ses épaules, ses seins, ses hanches, ses cuisses, la moindre ligne de son corps.

Des questions lui ont été posées concernant l'exposition, son métier, ses voyages, et j'ai apprécié le timbre de sa voix claire non moins que sa manière de s'exprimer. Puis Monique lui a remis un somptueux bouquet de roses, et une joie franche a éclairé son visage. Mais sitôt après, alors que les applaudissements couvraient les mots de remerciement qu'elle nous adressait, cette lumière s'est subitement assombrie, et ce regard redevenu soudain grave m'a chaviré.

Hormis une dizaine de personnes attirées par les photos, tous les invités d'un seul mouvement se sont portés vers le buffet. J'étais assis, à l'écart, et le temps que Brigitte vienne à moi, j'ai détesté ces gens.

Elle a voulu que je lui raconte ma mésaventure, et en quelques phrases brèves, veillant à ne pas m'étendre, je lui ai narré ce qui s'était passé. Mais le plus important, je n'ai pas su le lui dire.

Différentes personnes ont tenu à lui parler et l'ont successivement accaparée. Enfin j'ai pu lui dire combien je me réjouissais de la soirée que nous allions passer ensemble. Mais d'un lent mouvement de tête elle m'a indiqué que c'était non, et son regard navré a rencontré le mien qui le sondait.

— Pourquoi ?

— Je ne peux vraiment pas.

— Mais pourquoi ?

— Ma fille m'attend. Et j'ai encore tant de travail. Il faut absolument que je rentre par le TGV de vingt heures.

Je n'ai pas su lui cacher mon dépit et nous sommes restés un long moment silencieux. À ma déception se mêlaient des poussées de fureur et j'ai craint un instant de ne pouvoir contenir ma colère.

Je me suis renfrogné, n'ai plus lâché un mot. Quand elle est partie, je n'ai pas eu le courage de la regarder et me suis contenté de la saluer d'une banale poignée de main.

Elle était déjà loin quand j'ai remarqué qu'elle n'avait pas emporté son bouquet. L'avait-elle oublié ? Ou avait-elle tenu à le laisser pour me marquer qu'elle était partie fâchée ? À ces questions, il m'était impossible de répondre, mais le certain, c'est que la vision de ces roses abandonnées sur une chaise a rendu soudain ma déception plus amère.

*

À la Tour Rose, notre dîner fut lugubre. Monique et Michèle se battaient les flancs à tour de rôle pour trouver un sujet de conversation. J'aurais voulu leur montrer que je leur savais gré de ne pas m'avoir laissé seul, mais j'étais dans l'incapacité absolue de prononcer un mot. J'avais mal à la tête, ma jambe était douloureuse, et je ne pouvais surmonter le sentiment de solitude qui m'écrasait.

Monique m'a remis l'enveloppe que Brigitte lui avait laissée. En me la donnant, sans doute avait-elle l'espoir que ce présent allégerait l'atmosphère et me tirerait enfin de mon mutisme. C'était une photo grand format, au tirage particulièrement soigné. Elle avait été prise au Hoggar par un membre du groupe. On m'y voyait en gros plan tenir Brigitte par l'épaule. Elle, la tête cernée de son bandeau, son regard grave et intense fixant l'appareil. Moi, mon regard incliné vers son visage, avec aux lèvres comme un sourire d'enfant. En revivant cet instant où je m'étais appuyé contre elle, j'ai senti monter des larmes, et sans que je puisse en donner la moindre explication, je me suis mis à déchirer cette photo. Monique et Michèle étaient consternées. Nos deux visages, je les ai réduits en morceaux, et me saisissant de la bougie qui éclairait notre table, je les ai offerts à la flamme.

Une lourde pluie s'était mise à tomber. Je souffrais de mes blessures et j'étais si las. J'ai décidé que je passerais la nuit à la Tour Rose dans l'appartement qui lui avait été réservé.

En me quittant, incapables de trouver des mots, elles m'ont embrassé, et pour ne pas qu'elles emportent de cette soirée une trop sinistre impression, je me suis forcé à marmonner quelques paroles de remerciement. J'aurais voulu demander à Michèle qu'elle vienne s'étendre à mes côtés, qu'elle me prenne maternellement dans ses bras, qu'elle m'enveloppe de sa douce chaleur. Mais comment oser lui dire que me manquait le courage d'affronter cette nuit qui m'effrayait ?

*

La nuit fut conforme à ce que je redoutais. Au matin, quand le jour est apparu — un jour gris, froid, pluvieux — j'étais si fatigué, si mal en point, que j'ai dû lutter un long moment avant de pouvoir m'extraire du lit. J'étais sans courage à l'idée des jours qui m'attendaient. Des jours interminables de profonde solitude durant lesquels la souffrance ne me lâcherait pas un seul instant.

*

Un des employés qui vont aux quatre coins de la France livrer nos médicaments me sert assez souvent de chauffeur. En cette veille de

Noël, il ne serait pas sur la route. Je l'ai appelé et il m'a conduit chez moi.

En début d'après-midi, avant d'aller me reposer, j'ai téléphoné à Monique pour lui demander d'aller acheter les cadeaux que j'offrirais le soir même à ma femme et mes enfants. Je n'ai pu lui donner aucune indication susceptible d'orienter ses choix, mais j'avais confiance en son bon goût. Elle savait seulement qu'elle n'aurait pas à limiter ses dépenses.

Ces heures passées auprès des miens pendant le réveillon, Noël et les jours suivants, furent des plus sombres. L'esprit trop souvent absent, incapable de parler, souffrant de mes plaies à la tête et à la jambe, j'étais bien conscient que j'étais pour eux trois un éteignoir. Mais impossible d'échapper à ce qui me tourmentait. Le mieux que je pouvais faire à leur intention était de me retirer dans mon bureau et de les laisser seuls.

À l'occasion des fêtes, Michèle était allée rejoindre sa famille dans la Drôme et je n'avais pas la ressource d'aller lui demander quelques paroles de compréhension et d'amitié. J'étais sans ressort, passais des heures à me morfondre, à regarder tomber la pluie sur l'herbe jaunie de la pelouse.

*

J'ai lentement compris qu'il me fallait renoncer. Et renoncer à posséder ce sur quoi j'ai jeté mon dévolu ne me ressemble pas. À l'évidence, elle avait voulu me signifier que notre relation s'arrêterait là, que je n'avais rien à espérer d'autre. Ce refus me blessait, me mortifiait, m'enfonçait chaque jour davantage dans une âpre rancune.

Le travail ne manquait pas et je m'y suis plongé. J'avais plaisir à réendosser mon rôle de patron, prendre des décisions, donner des ordres. Chaque matin, comme à mon habitude, je faisais ma tournée dans les différents services, et il arrivait que tel ou tel regard me donne du réconfort.

*

J'avais changé. Auparavant, je n'avais aucune peine à respecter la discipline que je m'imposais. Mais il n'en allait plus de même. Je travaillais intensément pendant quelques jours. Puis je désertais mon bureau et restais chez moi à ne rien faire. Le matin, je donnais mes instructions par fax, et quand le temps le permettait, je marchais durant des heures dans les allées du parc. Ou bien je m'échappais, déambulais dans les rues, faisais halte dans un café, redoutant d'être aperçu par l'une ou l'autre de mes connaissances.

*

J'étais dans le petit salon près d'une lampe de chevet diffusant une pâle lumière. J'occupais mon fauteuil préféré et regardais dans le vide, ne songeant à rien. En passant dans le couloir, ma fille m'a aperçu et elle est venue vers moi. Sans doute voulait-elle me dire quelques mots, mais j'ai eu le sentiment qu'elle n'osait pas. Il est vrai que mon visage pouvait décourager toute envie de me parler. Elle s'est posée sur le bras de mon fauteuil, et après un long silence, d'une voix hésitante, à peine audible, elle m'a demandé de l'aider à trouver des idées pour sa rédaction. Je n'avais que le désir de rester seul, mais je n'ai pas eu le cœur de la renvoyer.

Elle m'a entraîné jusque dans sa chambre.

— Il faut que je dise le métier que je vais choisir et pourquoi je le choisis.

— Quel métier voudrais-tu faire ?

— Je ne sais pas encore. Peut-être infirmière ou médecin.

Je regardais les photos épinglées sur les panneaux de liège collés sur les murs. Des portraits d'hommes qui m'étaient inconnus. Sans doute des chanteurs, des vedettes de cinéma. Et occupant tout un panneau, le poster d'un bateau penché, toutes voiles dehors, glissant sur une mer verte et démontée, aux vagues écumeuses.

— Ce sont tes poupées ?

— Celle-ci, c'est Clotilde. Celle-là, Noémie. Maman me les cache. Elle dit que je suis trop grande pour avoir encore des poupées. Mais moi, j'ai besoin qu'elles soient là. Souvent je leur parle.

— Un jour, il faudra que tu t'en sépares.

— Oui, mais pas encore.

— Quel métier m'as-tu dit ?

En voyant cette pièce où elle dormait, où elle étudiait, en découvrant ce dont elle avait choisi de s'entourer, j'eus soudain comme une révélation. Les trois êtres qui constituaient la famille que j'avais créée, Chantal, Marc, Jacqueline, il était évident que je les avais toujours maintenus en dehors de ma pensée et de ma vie. Seul avait compté mon laboratoire. Eux, ils n'étaient que des ombres à la périphérie de mon univers. Jamais je n'avais cherché à les connaître, jamais je ne m'étais intéressé à leurs personnes, à leurs soucis, à leurs joies, et d'une certaine manière, je pourrais dire que je ne les avais jamais vus. J'avais vécu à leur côté en étranger, veillant seulement à ce qu'ils ne soient jamais pour moi une gêne ou une entrave. Je leur assurais à tous trois des vies plus que confortables, et là s'arrêtaient mes responsabilités à leur égard.

J'ai eu le désir de serrer Jacqueline dans mes bras, mais j'étais accablé par la honte, et je n'ai su que me laisser tomber sur son lit et cacher mon visage dans mes mains.

*

Un soir, comme nous commencions à dîner, j'ai proposé que nous allions tous quatre le lendemain voir un film. D'étonnement, ils sont restés sans voix, et ce silence m'a fait prendre plus douloureusement conscience de toutes ces années où je les avais quasiment ignorés.

L'atmosphère de la maison avait changé. Auparavant maussades, Marc et Jacqueline se montraient détendus, enjoués. De mon bureau, je les entendais plaisanter, rire, chantonner, et lorsque le soir j'étais de retour, ils se précipitaient vers moi pour me raconter leur journée.

Chantal aurait dû se réjouir de voir que je me comportais enfin comme un père, mais je sentais qu'elle m'était sourdement hostile. En réalité, elle était jalouse et craignait que je détourne à mon profit l'affection qu'ils lui portaient. J'ai préféré éviter ce conflit et je me suis davantage retiré en moi-même.

*

Pendant les premiers jours de janvier, j'avais vécu dans l'attente que Brigitte prenne des nouvelles de son exposition. Mais elle ne s'était pas manifestée. Je comprenais que je n'avais plus rien à espérer et j'étais amer.

Je n'invitais plus personne et refusais toute invitation. J'éprouvais le besoin d'être seul. Je ne rendais plus visite à Michèle. Je n'aurais pu que lui parler de Brigitte et c'est précisément ce que je voulais éviter.

L'exposition a pris fin et Monique est venue me demander ce qu'elle devait faire des photos. Je n'avais pas d'avis. Elle pouvait les garder ou les offrir à ceux qui voudraient bien les récupérer.

Je pensais beaucoup à mes enfants. Quels effets avait eus sur eux le peu d'intérêt que j'avais pris à leur éducation ? Seraient-ils marqués par le fait qu'ils n'avaient pas reçu l'affection qu'ils étaient en droit d'attendre ? Comment allaient-ils évoluer ? Traîneraient-ils en eux toutes sortes de problèmes qui les voueraient à ne connaître que ratages et échecs ?

Tu ne seras jamais qu'un bon à rien, avait prophétisé mon père. Cette phrase qui avait décidé de mon destin, longtemps j'avais cru que je lui devais ma réussite. Or maintenant, je voyais les choses différemment. Cette réussite dont j'étais si fier, je ne pouvais plus ignorer qu'elle comportait sa zone d'ombre. Mais je préférais ne pas chercher à en savoir plus.

*

Je m'imposais de ne plus penser à Brigitte. Mais le travail d'érosion qui se poursuivait en moi, il m'était impossible de l'interrompre. Le plus pénible, c'était les insomnies. Je n'avais pas la patience de rester au lit et d'endurer ce qui me rongeait. Je rôdais dans la maison, ou si la température le permettait, allais marcher dans le parc, grillant cigarette sur cigarette. Le matin, j'étais épuisé, et c'est en rechignant que je me rendais au travail.

Depuis le vernissage, je n'avais plus fait signe à Michèle. Un soir, je décidai de l'appeler. Je voulais qu'elle me donne l'adresse d'un médecin de sa connaissance. Des médecins, ou plus exactement des professeurs de médecine, j'en comptais plusieurs dans mes relations, mais je ne pouvais envisager de me tourner vers l'un d'eux. Michèle me parut de mauvaise humeur. Sans doute était-elle mécontente de ce que je ne lui aie ni rendu visite ni téléphoné au cours de ces dernières semaines. Pourtant j'insistai. Elle refusa de me rendre ce petit service. Qui plus est, elle ajouta que d'une certaine manière, j'aurais dû me réjouir de ce qui m'arrivait. Je trouvais cette réflexion d'un goût douteux et lui fis remarquer qu'elle n'était pas à son honneur.

— Vous n'y êtes pas du tout. Ma remarque n'a pas été dictée par de la mesquinerie. Ce que je viens de vous dire concerne une chose des plus importantes. Vous la découvrirez en la vivant.

*

J'en avais assez. Assez de me sentir prisonnier d'une situation qui me ressemblait si peu et qui, indubitablement, m'humiliait. Un matin, j'ai appelé Brigitte. Je voulais me délivrer de mon ressentiment. La provoquer à me dire des choses désagréables qui me contraindraient à l'oublier. Rien ne s'est passé comme je l'avais prévu. Elle venait d'apprendre qu'elle retournerait prochainement au Mexique, et elle s'est montrée diserte, m'a parlé longuement de son travail et de ses projets. Dans une quinzaine, elle aurait à réaliser un reportage sur des papeteries, et elle devait se rendre en Ardèche, en premier lieu au

Moulin Richard de Bas. Je lui ai proposé aussitôt ma bergerie. Elle pourrait y loger et rayonner à partir de là. Elle s'est laissé convaincre et je n'ai pu lui dissimuler le plaisir que j'en avais.

En fin de journée, j'ai filé chez Michèle. Je voulais la faire participer à ma joie. Comme j'arrivais chez elle, elle en sortait, portant un lourd carton qu'elle jeta dans le coffre de sa guimbarde.

— Que se passe-t-il ?

Elle avait un regard que je ne lui connaissais pas.

— Vous partez ?

— Oui, je pars.

— Mais pourquoi donc ?

— C'est tout simple. Un écrivain public est considéré comme un artisan. Or un artisan doit s'acquitter de nombreuses charges... Et quand il ne peut plus... Je vous laisse conclure.

— On va trouver une solution.

— Je suis écœurée. Le maire de mon arrondissement me connaît. À plusieurs reprises, il a reconnu publiquement que j'accomplissais du bon travail et a promis de m'aider... Mais quant à tenir les promesses qu'il m'a faites...

— Vous avez un autre local en vue ?

— Bien sûr que non... Ces politiques... Ils

ne vivent que dans le bluff... Ils nous racontent qu'ils se préoccupent des banlieues et des laissés-pour-compte... Quelle foutaise. Quand un gars sort de taule, qu'il n'a même pas de quoi se payer un sandwich, qu'il ne sait où aller, c'est moi qui le récupère et me démène pour qu'il n'ait pas à voler dans les heures qui suivent sa libération. Et voilà comment on me soutient.

— Vous allez rester ici.

— Pour me retrouver avec des dettes.

Je me suis emparé d'un paquet et l'ai porté à l'intérieur de l'échoppe.

— Pourquoi ne m'en avez-vous pas parlé ? Il m'aurait été facile d'intervenir.

— Je ne suis pas de celles qui mendient.

Nous avons longuement parlé. Elle a fini par accepter l'idée que je lui ai soumise : j'allais l'embaucher. Elle ferait fictivement partie de notre comité d'entreprise. De la sorte un salaire mensuel lui serait garanti, et il était admis qu'elle n'aurait aucune obligation à notre égard.

Puis je l'ai invitée à dîner. Elle dévorait avec un tel appétit qu'il m'est venu le soupçon que lorsqu'elle était chez elle, elle ne mangeait peut-être pas à sa faim. Je l'ai discrètement questionnée, et elle en est venue à me dire sur le ton contrit d'une élève prise en faute :

— Depuis des mois, je ne tiens qu'avec du pain et de la confiture.

*

Deux jours avant l'arrivée de Brigitte, je me suis rendu en Ardèche pour donner des instructions aux Roux, le couple qui s'occupe de ma bergerie, et vérifier que tout se présentait bien.

Cette bergerie, je n'y vais que de loin en loin. Pourtant, je m'y plais, car l'architecte chargé d'aménager ces bâtiments a effectué un travail remarquable. Pendant quelques années, j'ai invité là à tour de rôle pour de longs week-ends mes chefs des ventes à l'étranger et leurs épouses. Mes hôtes, je les soignais, leur faisais visiter la région, les emmenais dans des restaurants réputés. Quand ils reprenaient l'avion, ils repartaient ravis de ces trois jours passés en Ardèche. Mais sans que je sache dire pourquoi, cette bergerie m'a progressivement moins intéressé, et pour ne pas qu'elle reste inoccupée, je la prête souvent à des amis ou des personnes du laboratoire.

Nous étions un samedi et Brigitte venait de Paris en voiture. Il était prévu qu'elle arriverait en fin d'après-midi, mais à partir de deux heures, j'ai commencé à l'attendre. À l'inquiétude qui m'étreignait de la savoir sur la route, je mesurais à quel point je tenais à elle. Je savais que les heures que nous allions passer ici seraient pour moi décisives et je ne cessais d'imaginer différents scénarios. J'étais résolu à parler avec franchise, et peu importait ce qui en résulterait. Quand je rentrerais à Lyon, le lendemain, en fin de journée, il faudrait que je sache à quoi m'en tenir.

La voiture s'est arrêtée. Avant même que je m'avance pour ouvrir la portière de Brigitte, sa fille était devant moi et me serrait d'autorité la main. Je n'affirmerais pas que j'ai su dissimuler ma fureur. Une fois encore, j'avais le sentiment que Brigitte s'était jouée de moi. Sans doute consciente de me causer une mauvaise surprise, elle m'a expliqué que c'étaient les vacances de mardi gras, et qu'elle avait préféré emmener Florence plutôt que de la laisser seule pendant une semaine.

Quand nous avons pénétré dans la grande pièce, Florence a aussitôt remarqué qu'il ne s'y trouvait aucun livre. Sans élever la voix, sa mère lui a fait une remontrance dont j'ai senti qu'elle portait. À partir de cet instant et de toute la soirée, Florence n'a plus prononcé un mot.

J'avais demandé à Mme Roux de nous laisser, l'assurant que pour le repas, je m'occuperais du service. Mais je m'y prenais si mal que Brigitte a proposé de s'en charger. Cela ne lui a d'ailleurs posé aucun problème et j'ai admiré qu'elle sache si vite repérer où se trouvaient les choses dans cette demeure qui lui était inconnue.

Ayant fait taire ma rancœur, j'étais tout au plaisir de la voir et de l'entendre. Elle était face à la cheminée et la lueur des flammes rosissait son visage, faisait luire ses yeux, avivait le rouge de ses lèvres. Avant de venir à table, elle avait revêtu une jupe et un chemisier, et je jouissais de voir combien elle était féminine. Mais j'étais dans un tel trouble que je suivais mal ce qu'elle me racontait. Tandis qu'elle me parlait des papeteries de l'ancien temps et de la manière dont on y fabriquait le papier, mon regard ne cessait de ramper de ses mains à ses yeux, de ses bras nus à son cou, de ses lèvres à ses seins. À la fin, de crainte qu'elle ne lise sur mon visage ce que je ressentais, je suis sorti de mon silence, et sans savoir ce que j'allais dire, je lui ai demandé pourquoi elle était photographe.

— Pourquoi je suis photographe ? Elle est restée songeuse, et après un instant : la photo, pour moi, c'est un moyen d'aller vers les autres. Vers les autres et vers bien des choses que notre planète propose à notre curiosité. Je ne sais pas encore si j'ai vraiment un style, mais il est certain que derrière tout ce que je fais, il y a l'incontestable volonté de célébrer la vie.

Nous avons pris place dans les fauteuils près de la cheminée. Florence était assise derrière nous, et j'étais gêné de sentir cette présence dans mon dos. Mais assez rapidement elle s'est endormie. Je suis allé chercher un plaid et l'en ai couverte. Enfin j'étais seul avec Brigitte. Nous sommes restés un long moment silencieux. J'attendais qu'elle parle. Tant de questions à lui poser. Un tumulte de désirs, d'émois, d'élans, de pertes d'espoir. Pour finir, j'ai glissé au fond d'un trou où j'ai retrouvé ma solitude, mes tourments, la souffrance de savoir que ce que j'éprouvais pour elle la laissait indifférente.

D'une voix assourdie par l'émotion et conscient que les paroles que j'allais prononcer détermineraient peut-être le climat de la soirée, je hasardai :

— J'aimerais que ce soir nous puissions nous retrouver aussi proches que lors de notre nuit au Hoggar.

— Oui, nous avons vécu là une vraie rencontre. Mais les circonstances étaient exceptionnelles.

Le silence est retombé. Je ne savais comment le rompre. Elle se tenait sur la réserve. Je me suis levé, ai placé deux bûches sur les braises, et soulagé de n'avoir pas à soutenir son regard, je me suis lancé.

— J'ai une chose difficile à vous avouer.

— ...

— Je souhaiterais que vous n'ayez pas une mauvaise réaction et que vous me compreniez. Bien sûr vous allez être surprise, mais je ne pouvais faire autrement.

— ...

— Je vous ai adressé quelques lettres. Mais ces lettres, ce n'est pas moi qui les ai rédigées.

— Comment cela ?

— Quand j'ai voulu vous écrire après notre retour du Hoggar, ce que j'avais à vous dire était à mes yeux si important et se révélait si difficile à exprimer, que je n'ai jamais pu venir à bout de cette première lettre. Sur ces entrefaites, j'ai rencontré Michèle Revermont, un écrivain public.

— En France ? Un écrivain public ?

— Par elle, j'ai appris qu'il en existe plusieurs. Je suis donc allé la solliciter, et c'est elle, si j'ose dire, qui m'a prêté sa plume.

— Mais pourquoi ? Vous ne me ferez pas croire que vous ne savez pas rédiger une lettre.

— Pas une lettre de cette nature. Ce qui avait fait irruption en moi était d'une telle étrangeté que je ne savais comment l'aborder, et je ne trouvais pas les mots dont j'avais besoin.

— Pourquoi alors ne pas avoir jeté sur le papier quelques phrases abruptes, sans lien entre elles ? Même mal foutues et désordonnées, elles auraient pu dire beaucoup plus que vous ne supposiez. Et au moins elles auraient été de vous.

— Je n'arrivais pas à démêler ce que j'avais à vous dire.

J'ai continué de lui expliquer, lui demandant de me croire et de ne pas mal me juger. Contrairement à ce que je redoutais, cette histoire qui lui a paru au début si peu vraisemblable a fini par l'attendrir. Sa réserve est tombée et j'ai senti que je pouvais lui parler à cœur ouvert.

J'ai d'abord évoqué Michèle, ce que je lui devais, l'amitié qui s'était tissée entre nous. Puis j'en suis venu à mentionner la déception que j'avais éprouvée le soir du vernissage.

— Pourquoi êtes-vous partie ? J'espérais tant de la soirée que nous allions passer ensemble.

— Je vous l'ai dit, il fallait que je rentre.

— J'ai pensé que les raisons que vous aviez invoquées n'étaient que des prétextes.

— Ces raisons, elles étaient réelles. Mais peut-être y en avait-il d'autres.

— Lesquelles ?

— Je peux être franche ? Je ne voudrais pas vous choquer.

— Allez-y. Je vous écoute.

— Eh bien... Mais peut-être ai-je mal interprété la situation. J'ai eu l'impression qu'en achetant mes photos, vous aviez eu le désir d'entrer en possession de celle qui les avait réalisées.

— Ce que vous me dites est dur à entendre.

— Je craignais d'être prise dans une nasse.

— En aucun cas je n'aurais fait pression sur vous.

— Cet après-midi, tout en conduisant, je pensais à vous et je réalisais que nous appartenions à des mondes trop différents pour que nous puissions vraiment nous apprécier l'un l'autre.

— Pas d'accord.

— Si je devais résumer cela par une formule, je dirais que vous, vous êtes un possédant. Moi... comment dire... je viserais plutôt à la dépossession.

Elle a fait le constat que j'étais un homme de pouvoir et d'argent et que les idées que j'avais devaient être selon toute vraisemblance fort éloignées des siennes. Je fréquentais des notables, des gens fortunés, des professeurs de médecine, tandis qu'elle n'avait pour amis que des artistes — photographes, peintres, écrivains... Avec eux, elle se sentait toujours de plain-pied, alors qu'elle avait de la difficulté à se trouver des points communs avec un être tel que moi.

La distance qui nous séparait, elle ne m'échappait pas, mais je lui avais déjà donné l'assurance que j'étais prêt à tout faire pour m'appliquer à la réduire. À mon retour de Paris, après le vernissage de son exposition, j'avais fait livrer les trois quarts de ma garde-robe à l'Armée du Salut, et les vêtements de sport que depuis je portais témoignaient de ma volonté d'évoluer.

— Oui, on peut vous en savoir gré. Mais convenez qu'il est plus facile de changer de vêtements que de changer d'idées.

J'ai senti que je pouvais me risquer à lui confier mon secret. Ce que j'étais et ce que j'avais construit, tout s'expliquait par ces mots que mon père m'avait lancés un jour de mon adolescence. Ces mots s'étaient incrustés en moi et ils avaient resurgi des milliers de fois pour me flageller, faire de moi un obsédé du travail et de la réussite. Depuis notre nuit du Hoggar et ce qui pour moi en avait découlé, j'avais commencé à entrevoir que pour parvenir à cette réussite, je m'étais gravement mutilé. Mais je ne pensais pas qu'il était trop tard pour entreprendre de muer.

Quand nous nous arrêtions de parler et

qu'elle se perdait en elle-même, je craignais chaque fois que ce silence ne mette fin à l'échange et je le relançais sur-le-champ. Tout en suivant avec attention ce qu'elle me disait, je la poussais à boire du café et entretenais avec soin le feu dans la cheminée. J'espérais passer la nuit à l'écouter. Je voulais enfin apprendre comment elle vivait et si elle avait un compagnon. Mais je sentais obscurément qu'il m'était interdit de lui poser des questions trop directes. Une tension régnait entre nous, et sans doute avait-elle conscience que les paroles prononcées dans ce profond silence, en prenant un tel poids, pouvaient l'engager au-delà du souhaitable. Aussi se tenait-elle sur ses gardes. J'attendais pourtant que des mots lui échappent qui m'auraient révélé ce que coûte que coûte il me fallait savoir.

Après l'avoir longuement écoutée, je lui ai un peu parlé de moi. J'étais si bien en sa présence et ma joie était vive à lui dévoiler qui j'étais. Je n'avais jamais vécu une telle expérience. Habituellement, j'exerce un sévère contrôle sur chacun des mots que je prononce. En cet instant, rejetant toute défiance, je pouvais m'abandonner à ce qui montait du plus obscur de moi-même et se formulait avec une aisance qui me stupéfiait. J'ai vécu ces minutes avec délices, mais bientôt une vieille crainte m'a repris, et avant même que je n'achève ce que j'étais en train de dire, ma parole a été coupée net.

Je désirais lui apprendre que le moment d'inattention qui m'avait valu d'être renversé par une voiture avant Noël avait été dû au fait que je traversais la rue en pensant intensément à elle. Mais je n'ai pu aborder ce sujet. Je percevais que ce n'était pas une chose à dire. Avec sa douceur, sa gravité, sa tranquille manière d'être vraie et apparemment sans défense, Brigitte m'émouvait et m'intimidait.

*

Nous nous sommes quittés à deux heures du matin. J'ai été long à trouver le sommeil. Ma pensée était occupée par ce que je venais de vivre, et il me fallait revenir à certains de ses propos, les méditer, les savourer. Mais ce qui m'empêchait de m'endormir, c'était plus encore la consternation mêlée de honte que je ressentais à me rappeler les sentiments que les artistes jusque-là m'avaient inspirés. Or Brigitte était une artiste et fréquentait des artistes. Je réalisais combien il était stupide de nourrir de tels préjugés.

*

Le lendemain matin, je suis resté un long moment au lit à savourer l'émotion qui me venait de savoir que Brigitte avait dormi près de moi, de l'autre côté de la cloison.

Quand je suis descendu dans la salle de séjour — les bâtiments n'ont qu'un étage mais ils sont situés à différents niveaux — j'eus la surprise de les trouver qui m'attendaient. Brigitte avait tout préparé et jamais je n'ai éprouvé tant de plaisir à prendre un petit déjeuner.

Il faisait une journée d'avant-printemps. Une température agréable, un ciel sans nuage et une tendre lumière qui m'emplit de joie — mais d'une joie déchirante. Nous décidâmes d'aller nous promener. Comme nous partions, la fille de Brigitte préféra rester à la bergerie. *Madame Bovary* la passionnait et elle voulait en poursuivre la lecture. Mais Brigitte et moi n'avions pas fait cent mètres qu'elle apparut derrière nous. Elle nous a suivis pendant toute la promenade, tantôt lisant et marchant à pas plus que lents, tantôt pressant l'allure pour ne pas se laisser distancer.

Le vaste plateau couvert de prairies qui s'étendait devant nous était bosselé par des mamelons aux formes irrégulières et d'inégales hauteurs. Dans les dépressions subsistait de la neige et ici ou là s'élevaient des arbres aux branches nues. Ce plateau donnait une impression de désolation, mais la douceur de l'air, l'éclat de la lumière, l'immensité de l'espace me dilataient, et je voulais croire que le printemps qui s'annonçait marquerait pour moi le début d'une toute nouvelle saison.

Je ne cessais de questionner Brigitte. Elle me répondait de bonne grâce, et je m'emparais avec avidité de tout ce qu'elle me confiait. Une profonde affection la liait à sa sœur qui vivait à l'étranger. Son métier ? Il comportait sa part de difficultés, les commandes étaient irrégulières, et à plusieurs reprises, parce qu'elle était une femme, on avait cherché à lui mettre des bâtons dans les roues. Mais ce métier, elle l'avait choisi, et elle entendait bien ne jamais remettre ce choix en question. En prenant conscience qu'elle avait à lutter, à se battre, je fus submergé de tendresse, et sans y avoir pensé au préalable, je lui offris de faire éditer en un luxueux ouvrage ses photos du Hoggar. Mais tout aussitôt, je me souvins que j'avais laissé se disperser celles qui avaient été exposées au laboratoire, et j'en fus si décontenancé que je ne pus entendre sa réponse.

*

Bien qu'attentive à formuler avec justesse ce qu'elle me racontait de sa vie, elle voyait tout, observait tout. La silhouette d'un arbre solitaire, l'ocre sombre d'un chemin coupant le vert jauni des prés, le noir des sapins plaqué sur le gris-mauve qui estompait les chaînes des Cévennes, rien ne lui échappait. J'en étais d'autant plus frappé que je n'avais pas su voir ce qu'elle me faisait remarquer.

Elle avait une passion pour les livres, pour la lecture, et quand elle était chez elle, elle appréciait d'être seule. Elle lisait souvent les ouvrages des écrivains dont on lui avait commandé le portrait. Dans la mesure où elle s'était familiarisée avec leur univers, elle aurait plus de chance de bien capter leur personnalité.

Elle aimait aussi faire la cuisine, inviter des amis à partager un bon repas. Quand elle les recevait, elle dressait une longue table dans son atelier contigu à son appartement, et il n'était pas rare que la soirée se prolonge jusqu'au petit matin. Elle avait la religion de l'amitié, et elle pouvait passer une nuit à parler avec un ami ou une amie, quand bien même elle savait qu'elle serait le lendemain en petite forme.

— Qu'avez-vous voulu dire hier en déclarant que « vous visiez à la dépossession » ?

— Oh ! c'est une longue histoire.

— Expliquez-moi.

Elle est restée silencieuse. J'ai senti qu'elle hésitait.

— Faites-moi plaisir.

Son visage s'était assombri et ses lèvres restaient closes.

— J'aimerais tant mieux vous connaître.

— J'étais mariée. Mon mari était un homme dynamique, doté d'une forte personnalité et qui aimait prodigieusement la vie. Lui aussi était photographe, et un photographe doué, à qui un bel avenir était promis. Il y a deux ans, il a été emporté par un cancer foudroyant. Voilà... C'est tout.

À cette seconde, je l'ai désirée violemment, et c'est seulement la certitude que mon geste ne pourrait être compris qui m'a retenu de la prendre dans mes bras.

— S'il n'y avait pas eu ma fille, je ne m'en serais pas sortie. Après quelques mois, j'ai pu me donner à fond à mon travail. Et j'en suis encore là. La pensée ne me quitte jamais que tout peut s'effondrer d'une seconde à l'autre. Je ne veux donc rien posséder, rien amasser. Je vis au jour le jour, essayant seulement de vivre au mieux les bons moments qui se présentent.

— Vous y parvenez ?

— Il y a quelques mois, j'ai eu la chance de réaliser un reportage chez des gitans. Je suis restée quelque temps en Arles et à Nîmes et j'ai réussi à me faire adopter par une famille. Ils m'ont beaucoup appris.

J'ai eu de mauvaises pensées et je me suis obligé à les chasser de mon esprit. Mais je n'ai pu m'empêcher de songer que si un jour je vivais avec elle, je lui demanderais de renoncer à de tels reportages.

— Ils ont une telle liberté. Une telle indifférence au regard qu'on peut porter sur eux. Et quel don pour profiter de l'instant. À un point incroyable. C'était l'été. Imaginez une petite place. La nuit venue, un homme commençait à gratter les cordes d'une guitare. Bientôt un groupe se formait. Et tandis que des jeunes enfants s'endormaient à même le sol, parfois appuyés contre un mur ou couchés dans la poussière au pied d'un platane, vous pouviez voir une femme d'une soixantaine d'années être la première à frapper dans ses paumes, à se mettre à chanter, puis à danser. Je ne pourrai jamais l'oublier. Elle avait un corps lourd, un affreux tablier de cuisine au rose fluorescent, mais son visage était beau, et elle dansait avec une telle concentration, une telle ferveur, un tel oubli de tout, que vous en étiez saisi.

— Combien de temps êtes-vous restée dans cette famille ?

— Je ne sais... Mais je n'y étais pas à demeure. Ils m'invitaient pour des repas, des soirées... Oui, ils m'ont beaucoup appris. Bien que je travaille avec le plus grand sérieux, j'aime aussi ne rien faire. Ne rien faire, c'est en réalité lâcher les amarres, me laisser glisser au-dedans, me mettre à l'écoute de ce qui se murmure en moi. Si depuis l'été dernier je peux vivre ces instants sans avoir mauvaise conscience, c'est à mes gitans que je le dois.

Nous marchions en silence. Je me tenais légèrement en retrait d'elle pour l'avoir dans le champ de mon regard et me repaître de son profil, de sa blondeur, de sa chute de reins.

— Vous aimez le flamenco ?

— Je dois avouer que je ne sais pas trop ce que c'est.

— Alors je vous enverrai un CD.

Après un instant, elle ajouta :

— Je devine que ce que je viens de dire à propos des gitans n'était pas à votre goût.

— Vous me montrerez les photos que vous avez rapportées de Nîmes ?

Nous nous sommes arrêtés pour attendre sa fille.

— Et vous, me demanda-t-elle avec douceur, avez-vous déjà perdu un proche ? Avez-vous déjà traversé une épreuve qui vous aurait brisé, vous aurait conduit à vous remettre en cause, à modifier du tout au tout votre conception de l'existence ?

Cette épreuve, j'étais en train de la vivre. Elle avait commencé à l'automne dernier lors d'une randonnée au Hoggar par la rencontre avec une jeune femme. Mais je ne sais quoi m'a retenu de lui narrer ce qu'avait entraîné pour moi son irruption dans ma vie.

*

Le lendemain, je n'ai pu travailler. J'étais dans un état cotonneux. Après avoir demandé à ce qu'on ne me dérange pas, je suis resté dans mon bureau, à rêvasser. En moi, pensées, désir, habituelle souffrance, tout était flou, sourd, lointain, comme englouti dans une brume que je n'arrivais pas à percer. La douleur d'être séparé de Brigitte m'empêchait d'entendre sa voix, de retrouver son visage, de revivre ces moments où je l'avais sentie proche.

Elles sont restées six jours à la bergerie, et chaque soir je lui téléphonais. Quand je lui parlais, j'entendais sa fille grommeler. Comme elle m'avait vu regarder celle-ci avec quelque agacement, Brigitte m'avait expliqué qu'elle avait été perturbée par la mort de son père, et que sans tout lui passer, il fallait savoir se montrer indulgent.

Brigitte était heureuse d'être à la bergerie et satisfaite du travail qu'elle accomplissait dans les papeteries. À plusieurs reprises, j'ai failli monter la rejoindre, aller passer une soirée avec elle, mais j'y ai renoncé. Cette gravité dont elle ne pouvait se départir prouvait assez qu'elle n'avait pas encore surmonté son deuil, et je tenais à ne pas la brusquer.

*

Je passais d'un extrême à l'autre. J'aspirais à ne plus jamais penser à elle, mais sitôt après, mon besoin d'elle allait s'exacerbant. Souvent j'étais pris d'inquiétude et me demandais ce que le destin me réservait. Mais à la fin, de guerre lasse, je cessais de m'interroger et acceptais de me laisser happer par l'inconnu.

Un soir, j'étais resté au laboratoire. Tous étaient partis. La nuit a lentement envahi la pièce et je n'ai allumé aucune lampe. La lumière venue des éclairages ménagés dans la pelouse se réfléchissait sur le blanc du plafond et éclairait faiblement cette partie du bureau sur laquelle je travaille. Je pensais à notre nuit du Hoggar, aux moments forts du week-end à la bergerie, et dans une demiconscience, sans avoir rien prémédité, j'ai tiré une feuille et commencé à lui écrire. Je distinguais à peine les lettres que je formais, mais les mots s'écoulaient avec aisance et je me contentais de les laisser affluer.

Quand j'ai posé le point final, j'étais satisfait et accablé. Satisfait de lui avoir écrit sans l'aide de Michèle. Accablé d'avoir mieux entrevu ce qui gisait dans mon arrière-fond. Mais peu importait au bout du compte que je fusse en pleine déroute. Jusqu'à ma rencontre avec Brigitte, le travail et l'ambition avaient désertifié ma vie, et je connaissais maintenant le bonheur de me dire que j'étais amoureux. Pour la première fois.

*

Le lendemain, je suis allé prendre Michèle à son échoppe et je l'ai emmenée dîner à la Tour Rose. Je tenais à fêter avec elle l'étape que je venais de franchir en écrivant cette première lettre. Mon amitié pour elle n'avait cessé de grandir. Elle était maintenant plus libre, plus détendue avec moi. J'avais plaisir et profit à la voir, à l'écouter. J'appréciais qu'elle ait une si profonde connaissance de la vie, des rouages de l'être humain, et à chacune de nos rencontres, il n'était pas rare qu'elle émette telle ou telle réflexion qui me poursuivrait et me donnerait à penser.

Ce soir-là, c'est surtout moi qui ai parlé. Je

devais lui faire part de ce que j'avais découvert et qui était pourtant des plus simples.

— Comment ai-je pu vivre en ignorant pendant si longtemps qui j'étais ? Je suis effaré. Pas une seule fois jusqu'à ces jours, je ne m'étais véritablement interrogé sur moi-même, sur mes manières d'être, sur ce qui me manquait.

— Oui, quand on se met à regarder en soi, on fait parfois de surprenantes découvertes.

*

Jour après jour, j'ai attendu que Brigitte réponde à ma lettre, m'adresse au moins un signe. Mais rien n'est venu. Son silence m'a blessé. Un soir, je lui ai téléphoné. Elle rentrait de reportage et n'avait pas eu le temps de me répondre. Son voyage au Mexique était repoussé et elle envisageait d'aller faire du ski à La Plagne. On lui prêtait un studio et elle y serait dans une quinzaine de jours pour un long week-end. Je lui ai aussitôt demandé si je pourrais l'accompagner. Après un moment de silence, elle a accepté, ajoutant qu'elle aurait plaisir à faire quelques descentes à mes côtés.

Le lendemain, je me suis équipé, et en fin de semaine, je me suis rendu à Megève. Je connaissais cette station. Quand j'étais étudiant, les parents d'un ami y possédaient un chalet. Pendant trois hivers, cet ami m'avait fréquemment invité à le rejoindre. Avec beaucoup de gentillesse, il s'était institué mon professeur, et grâce à lui, vaille que vaille, j'avais appris à skier. Au terme du second hiver, je n'étais pas devenu un champion, mais du moins avais-je pu effectuer sans tomber de longues descentes. Je n'oubliais pas que depuis ces hivers-là, bien des années avaient passé. Mais j'étais convaincu qu'en prenant des cours pendant la journée du samedi et qu'en m'essayant prudemment à quelques descentes le dimanche, j'allais me donner les moyens de faire bonne figure huit jours plus tard. Il me fallait absolument réussir cet examen de passage, faute de quoi Brigitte pourrait prendre tragiquement conscience de notre différence d'âge, et c'était ce que je voulais absolument éviter.

Tout s'est déroulé comme je l'avais programmé. Mais le dimanche, en fin d'après-midi, alors que le jour déclinait et que la fatigue me rendait moins vigilant, j'ai heurté une jeune skieuse qui virait devant moi, et je suis tombé. À la douleur que j'ai ressentie, j'ai su aussitôt que je m'étais blessé. Un traîneau est venu me chercher et une ambulance m'a descendu à l'hôpital de Sallanches. Les ligaments internes de mon genou droit étaient arrachés et une opération était nécessaire. J'ai exigé qu'on me transporte à Lyon, et le lundi matin, un ami chirurgien a pratiqué l'intervention.

Mon épouse, mes enfants, des gens du laboratoire m'ont rendu visite, mais rien n'a pu me tirer de mon abattement.

La troisième nuit, j'ai eu une longue insomnie. Les hideux chiens de Chantal, les déjeuners dominicaux avec mes parents, la villa entourée de son parc, ma vie bourgeoise, cet argent obsessionnellement amassé et dont je ne savais que faire, le personnage que je jouais au laboratoire, cette ambition forcenée qui avait voulu que je me refuse au plaisir de vivre, ma rencontre avec l'amour..., tout défilait dans ma tête. À voix basse, je me suis mis à parler à Brigitte, à la supplier de m'admettre auprès d'elle. Soudain, j'ai su qu'il me fallait aller la rejoindre. Si je ne m'y décidais pas sur-le-champ, peut-être ne serais-je plus jamais capable d'une telle folie. Je me suis levé. Mon épouse ayant oublié de m'apporter un costume, je n'avais en ma possession que ma combinaison de ski. Sans hésiter, je l'ai passée sur mon pyjama, et me saisissant de mes béquilles, peu habile à les mouvoir, j'ai résolument fait mes premiers pas vers la liberté.

Impossible de quitter le service. Toutes les

portes étaient verrouillées. J'ai pris l'ascenseur, suis arrivé au sous-sol. J'ai erré dans des couloirs encombrés de brancards, de chariots, de volumineux ballots de linge sale. Une porte s'est ouverte sur une pièce éclairée qui était une pharmacie. Je suis resté un instant sans bouger, plaqué contre un mur. Je me suis remis en branle, craignant d'être découvert, craignant plus encore de ne pouvoir sortir de ce labyrinthe. Enfin j'ai pu pousser une porte, puis m'approcher du pavillon des entrées. Arrivé là, j'ai attendu un assez long moment, calé sur mes béquilles.

Une ambulance est arrivée. Les infirmiers ont roulé le brancard dans la salle des urgences. Le personnel de garde s'est trouvé mobilisé, et j'en ai profité pour m'échapper.

Le chauffeur de taxi dormait et je l'ai réveillé. Non sans difficulté, j'ai pris place à l'arrière de sa voiture. À cause des vols, mon portefeuille m'avait été retiré et j'étais sans argent. Je lui ai demandé de me conduire à la gare, et en échange, je lui laisserais ma montre. Il a accepté. Quand je la lui ai donnée et qu'il a vu qu'il s'agissait d'une montre de prix, il a consenti à me remettre un billet de cinquante francs.

J'ai pris un café, et après quelques heures d'attente, je suis monté dans le premier train pour Paris.

Sans billet, il m'a fallu longuement palabrer avec le contrôleur, et à l'arrivée, j'ai dû l'accompagner dans un bureau.

Je me suis installé à la brasserie de la gare où j'ai bu un nouveau café. À neuf heures, après un court trajet en métro, j'étais dans la rue Sainte-Croix-de-la-Bretonnerie, la rue où elle habite, avançant avec détermination sur mes béquilles, le visage baigné par la lumière d'un clair matin de printemps. Elle ne savait rien de mon accident et je ne pouvais prévoir l'accueil qu'elle me ferait. J'ignorais même si elle serait chez elle. Mais un ineffable sentiment de liberté me portait, et aussi le fol espoir que la vie allait enfin m'offrir ce qu'elle m'avait jusque-là refusé.

Les vers cités dans *Maria* sont du poète turc Nazim Hikmet.

DU MÊME AUTEUR

Aux Éditions P.O.L

L'ANNÉE DE L'ÉVEIL, récit (J'ai lu, n° 2866). Grand Prix des Lectrices de *Elle* 1989, prix Yves-Gibeau 1999.

DANS LA LUMIÈRE DES SAISONS, lettres.

L'INATTENDU (Folio, n° 2638).

CE PAYS DU SILENCE, poèmes.

TÉNÈBRES EN TERRE FROIDE, Journal I.

TRAVERSÉE DE NUIT, Journal II.

LUEUR APRÈS LABOUR, Journal III.

ACCUEILS, Journal IV.

CARNETS DE SAORGE.

GIACOMETTI.

AFFÛTS, poèmes.

LAMBEAUX, récit (Folio, n° 2948).

À VOIX BASSE, poèmes.

FOUILLES, poèmes.

RENCONTRES AVEC BRAM VAN VELDE.

RENCONTRES AVEC SAMUEL BECKETT.

ATTENTE EN AUTOMNE, nouvelles.

ÉCARTE LA NUIT, théâtre.

UN LOURD DESTIN, théâtre.

L'AUTRE FAIM, Journal V (à paraître).

Aux Éditions Arfuyen

L'AUTRE CHEMIN, poèmes.

BRIBES POUR UN DOUBLE.

Aux Éditions Maeght

BRAM VAN VELDE, monographie (avec Jacques Putman)
BRAM VAN VELDE, collection Carnets de voyage.

Aux Éditions La Passe du vent

TROUVER LA SOURCE *suivi de* ÉCHANGES.

Aux Éditions L'Échoppe

ENTRETIEN AVEC PIERRE SOULAGES.
REVERZY.
ENTRETIEN AVEC RAOUL UBAC.
CHEZ FRANÇOIS DILASSER.

Aux Éditions Fourbis

POUR MICHEL LEIRIS.
L'INCESSANT.

Aux Éditions Jacques Brémond

FAILLES.

Aux Éditions Flohic

UN GRAND VIVANT : CÉZANNE.

Aux Éditions Arléa

MES CHEMINS, Entretien.

Aux Éditions Les petits classiques du grand pirate

SUR LES COLLINES, poèmes.

Aux Éditions Bayard

CE LONG PÉRIPLE.

Composition Nord Compo.
Impression Société Nouvelle Firmin-Didot
à Mesnil-sur-l'Estrée, le 3 septembre 2001.
Dépôt légal : septembre 2001.
Numéro d'imprimeur : 56569.
ISBN 2-07-042010-8/Imprimé en France.

4476